APAIXONADOS

Livros da autora publicados pela Galera Record

Série Fallen
Volume 1 – Fallen
Volume 2 – Tormenta
Volume 3 – Paixão
Volume 4 - Êxtase

Apaixonados – Histórias de amor de Fallen
Anjos na escuridão - Contos da série Fallen
O livro de Cam - Um romance da série Fallen

Série Teardrop
Volume 1 - lágrima
Volume 2 - Dilúvio

A traição de Natalie Hargrove

APAIXONADOS

HISTÓRIAS DE AMOR DE
FALLEN

LAUREN KATE

Tradução
Ana Carolina Mesquita

27ª edição

— **Galera** —
RIO DE JANEIRO
2025

CIP-BRASIL. CATALOGAÇÃO NA FONTE
SINDICATO NACIONAL DOS EDITORES DE LIVROS, RJ

K31a Kate, Lauren
27ª ed. Apaixonados: histórias de amor de Fallen / Lauren Kate;
tradução Ana Carolina Mesquita. – 27ª ed. – Rio de
Janeiro: Galera Record, 2025.

Tradução de: Fallen in Love: a Fallen Novel in Stories
ISBN 978-85-01-09920-4

1. Romance americano. I. Mesquita, Ana Carolina. II. Título.

12-2126
CDD: 813
CDU: 821.111(73)-3

Título original em inglês:
Fallen in Love: a Fallen Novel in Stories

Text copyright © 2012 by Lauren Kate e Tinderbox Books, LLC.

Publicado originalmente por Delacorte Press, um selo da Random House Children's Books, divisão da Random House, Inc.

Direitos de tradução negociados com Tinderbox Books, LLC e Sandra Bruna Agencia Literária, S. L.

Todos os direitos reservados. Proibida a reprodução, no todo ou em parte, através de quaisquer meios. Os direitos morais do autor foram assegurados.

Composição de miolo: Abreu's System
Adaptação da capa original: Renata Vidal da Cunha

Texto revisado segundo o novo Acordo Ortográfico da Língua Portuguesa.

Direitos exclusivos de publicação em língua portuguesa somente para o Brasil adquiridos pela
EDITORA RECORD LTDA.
Rua Argentina, 171 – Rio de Janeiro, RJ – 20921-380 – Tel.: 2585-2000, que se reserva a propriedade literária desta tradução.

Impresso no Brasil

ISBN 978-85-01-09920-4
Seja um leitor preferencial Record.
Cadastre-se e receba informações sobre nossos lançamentos e nossas promoções.

Atendimento e venda direta ao leitor:
sac@record.com.br

AOS MEUS LEITORES,
QUE ME MOSTRARAM TANTOS TIPOS DE AMOR.

A vida é tão breve, a arte tão demorada de aprender, o esforço tão árduo, a conquista tão fugaz, a alegria temerosa se esvai tão rapidamente... Com isso refiro-me ao Amor, que com sua impressionante faina assola tão gravemente minha alma que, quando penso nisso, sequer sei se estou desperto ou a dormir.

❧❦

— Geoffrey Chaucer, *O parlamento das aves*

O AMOR ONDE MENOS SE ESPERA

O DIA DOS NAMORADOS DE SHELBY E MILES

UM

DOIS NA ESTRADA

Shelby e Miles estavam rindo quando saíram de dentro do Anunciador. As gavinhas escuras pendiam da aba do boné azul dos Dodgers de Miles e do rabo de cavalo emaranhado de Shelby.

Embora Shelby sentisse o corpo dolorido, como se tivesse feito quatro sessões seguidas de ioga *Vinyasa*, ao menos eles estavam de volta à terra firme e ao presente. Em casa. *Finalmente*.

O ar estava frio e o céu cinzento, porém iluminado. Os ombros de Miles se sobrepunham a ela, protegendo o corpo de Shelby do vento forte que fazia ondulações na camiseta branca que ele vinha usando desde que os dois deixaram o quintal da casa dos pais de Luce no Dia de Ação de Graças.

Há uma eternidade.

— Estou falando sério! — dizia Shelby. — Por que é tão difícil para você acreditar que hidratante labial está no topo da minha lista de prioridades? — Ela correu um dedo pelos próprios lábios e encolheu o corpo de modo exagerado. — Minha boca está parecendo uma lixa!

— Você é maluca — zombou Miles, mas seus olhos acompanharam o dedo de Shelby enquanto ela traçava a linha do lábio inferior. — Você sentiu falta de *hidratante labial* dentro dos Anunciadores?

— E dos meus *podcasts* — disse Shelby, caminhando sobre uma pilha de folhas secas. — E das minhas saudações ao sol na praia...

Os dois haviam passado tempo demais saltando de galho em galho nos Anunciadores: da cela na Bastilha, onde encontraram um prisioneiro espectral que não quis dizer como se chamava; para idas e vindas em um sangrento campo de batalha chinês onde eles não reconheceram nem uma alma; e, mais recentemente, para Jerusalém, onde afinal haviam encontrado Daniel, que estava à procura de Luce. Só que Daniel não era ele mesmo, não de todo. Ele estava (literalmente) unido a uma fantasmagórica versão passada de si e não havia conseguido se libertar dela.

Shelby não conseguia parar de pensar em Daniel e Miles lutando com setas estelares, no modo como os dois corpos de Daniel (o do passado e o do presente) se separaram quando Miles enfiou a seta no peito do anjo.

Coisas assustadoras aconteceram dentro dos Anunciadores; Shelby estava feliz por não precisar mais viajar por eles. Agora, eles bem que podiam não se perder na floresta no caminho de volta para o dormitório. Shelby olhou na direção que esperava ser o oeste e começou a guiar Miles através daquela parte sombria e nada familiar entre as árvores.

— Shoreline deve estar para aquele lado.

O retorno para casa tinha um lado bom e outro ruim.

Ela e Miles haviam entrado no Anunciador com uma missão; saltaram para dentro dele, no quintal da casa dos pais de Luce, logo depois que a própria Luce desapareceu. Os dois foram atrás dela tanto para trazê-la de volta (como Miles dizia, os Anunciadores não deviam ser tratados com sutileza), mas também apenas para ter certeza de que ela estava bem. Não importava quem era Luce perante os anjos e demônios que a disputavam, Shelby e Miles não davam a mínima. Para eles, ela era uma amiga.

Mas, durante a caçada, eles a perdiam de vista o tempo todo. Aquilo deixava Shelby louca da vida. Os dois passavam de um lugar bizarro para outro sem topar com nenhum sinal de Luce.

Ela e Miles discutiram diversas vezes em relação a que direção tomar e como chegar lá, e Shelby odiava brigar com Miles; era como brigar com um cachorrinho. A verdade é que nenhum dos dois sabia de fato o que estava fazendo.

Em Jerusalém, no entanto, uma coisa boa havia acontecido: os três, Shelby, Miles e Daniel, se deram bem pela primeira vez. Agora, com as bênçãos de Daniel (que alguém também poderia chamar de ordens), Shelby e Miles finalmente voltavam para casa. Um lado de Shelby sentia-se preocupado por abandonar Luce, mas outro lado, o que confiava em Daniel, ansiava por voltar ao lugar onde ela deveria estar. À sua época e lugar apropriados.

Era como se eles tivessem viajado por um longo tempo, mas quem sabia como o tempo funcionava dentro dos Anunciadores? Será que eles voltariam e descobririam que tudo tinha durado apenas alguns segundos, perguntou-se Shelby, um pouco apreensiva, ou *anos* teriam se passado?

— Assim que chegarmos a Shoreline — disse Miles —, vou direto tomar uma chuveirada quente e bem demorada.

— É, boa pedida. — Shelby pegou uma mecha dos fios grossos do seu rabo de cavalo loiro e cheirou. — Tirar esse fedor de Anunciador do cabelo. Se é que isso é possível.

— Sabe de uma coisa? — Miles se inclinou para a frente, abaixando a voz, embora não houvesse mais ninguém por perto. Era estranho o Anunciador ter deixado os dois tão longe da região da escola. — Talvez hoje à noite a gente possa entrar escondido no refeitório e apanhar um pouco daqueles biscoitos de massa folhada...

— Aqueles amanteigados? Iguais aos do metrô? — Shelby arregalou os olhos. Outra ideia genial de Miles. Era bom ter aquele cara por perto. — Cara, como senti falta de Shoreline. É bom estar...

Os dois atravessaram uma fileira de árvores e uma planície se abriu diante deles. E então Shelby se deu conta: não estava vendo nenhum dos edifícios familiares de Shoreline, porque eles não estavam lá.

Ela e Miles estavam em... algum outro lugar.

Ela parou e olhou para os morros ao redor. De repente, Shelby notou que havia neve sobre as copas das árvores — aquilo definitivamente *não* era típico da vegetação da Califórnia. E a estrada de terra enlameada diante deles não era a rodovia Pacific Coast. Esta seguia serpenteando morro abaixo durante vários quilômetros em direção a uma cidade de aparência surpreendentemente antiga, protegida por uma maciça muralha de pedras negras.

Aquilo a lembrou de uma daquelas tapeçarias antigas e desbotadas, onde os unicórnios brincavam diante de cidades medievais, que algum ex-namorado de sua mãe certa vez a havia arrastado para ver no Getty Center, em Los Angeles.

— Achei que tínhamos chegado em casa! — gritou Shelby, num tom entre um latido e um choramingo. Onde eles *estavam* afinal?

Ela parou bem na frente da estrada rústica e olhou para a enlameada desolação diante de si. Não havia *ninguém* por perto. Assustador.

— Eu também achei que estivéssemos. — Miles coçou o boné, pensativo. — Acho que não estamos exatamente de volta a Shoreline.

— *Não exatamente?* Olhe só para esse rascunho de estrada! Olhe para aquele forte ali embaixo! — Ela engoliu em seco. — E aqueles pontinhos se movendo ali embaixo são *cavaleiros*? A menos que a gente tenha vindo parar em algum tipo de parque temático, estamos presos nessa bizarrice de Idade Média! — Ela cobriu a boca. — Melhor a gente tomar cuidado para não contrair a peste. Que Anunciador você abriu em Jerusalém, afinal?

— Não sei, eu só...

— A gente nunca vai chegar em casa!

— Vamos sim, Shel. Li a respeito disso... acho. Nós voltamos no tempo usando os Anunciadores dos outros anjos, então talvez a gente tenha de voltar para casa do mesmo jeito.

— Bem, então o que você está esperando? Abra outro!

— A coisa não funciona assim. — Miles abaixou a aba do seu boné de beisebol para cobrir os olhos. Shelby mal conseguia ver o rosto dele. — Acho que precisamos encontrar um dos anjos, e então meio que tomar emprestada outra sombra...

— Você fala como se a gente estivesse tomando emprestado um saco de dormir para ir acampar.

— Escuta: se encontrarmos uma sombra que se derrame sobre o século onde nós existimos de fato, poderemos voltar para casa.

— E como vamos fazer *isso*?

Miles balançou a cabeça.

— Achei que tivesse conseguido quando estávamos com Daniel em Jerusalém.

— Estou com medo. — Shelby cruzou os braços e tremeu por causa do vento. — Simplesmente faça *alguma coisa!*

— Não posso simplesmente fazer alguma coisa... ainda mais com você gritando comigo...

— Miles! — O corpo de Shelby parou de repente. O que era aquele som retumbante atrás deles? Algo vinha subindo pela estrada.

— *O que foi?*

Uma carroça puxada por cavalos rangia na direção dos dois. O barulho dos cascos batendo no solo aumentava cada vez mais. Em um segundo, o carroceiro atingiria o topo do morro e os veria.

— Esconda-se! — berrou Shelby.

A silhueta de um homem atarracado segurando as rédeas de dois cavalos malhados de branco e marrom se tornou visível na encosta da estrada. Shelby agarrou Miles pela gola da camiseta. Ele mexia nervosamente no boné e, quando ela o puxou para trás do tronco largo de um carvalho, o chapéu azul-celeste voou da cabeça dele.

Shelby observou o boné — o acessório que há anos fazia parte do guarda-roupa diário de Miles — navegar pelos ares como um pássaro azul e depois mergulhar, caindo numa poça de lama marrom-clara da estrada.

— Meu boné — sussurrou Miles.

Os dois estavam encolhidos muito próximos um do outro, com as costas de encontro à casca áspera do carvalho. Shelby olhou para Miles e ficou surpresa ao ver o rosto dele por inteiro. Seus olhos pareciam maiores. O cabelo estava despenteado. Ele parecia... bonito, como um cara que ela não conhecia. Miles puxou o cabelo para a frente, constrangido.

Shelby pigarreou e afastou aqueles pensamentos.

— Vamos apanhá-lo assim que a carroça passar. Apenas fique longe de vista até esse cara ir embora.

Ela podia sentir a respiração morna de Miles em seu pescoço e a ponta do osso do quadril dele empurrando o corpo dela para o lado. Como Miles podia ser tão magro? O cara comia como um cavalo, mas era só pele e osso. Pelo menos era o que a mãe de Shelby diria caso um dia viesse a conhecê-lo, algo que jamais aconteceria se Miles não conseguisse encontrar um Anunciador que os levasse de volta ao presente.

Miles se esticou, tentando ver seu boné.

— Fique quieto — disse Shelby. — Esse cara pode ser algum tipo de bárbaro.

Miles ergueu um dedo e inclinou a cabeça.

— Ouve só. Ele está *cantando*.

A neve fez barulho sob os pés de Shelby quando ela entortou o pescoço por trás da árvore para observar a carroça se aproximando. O carroceiro era um homem de bochechas rosadas que usava uma camisa com colarinho sujo, calças surradas que obviamente tinham sido feitas à mão e um colete gigantesco de pele preso à cintura com um cinto de couro. Seu pequenino boné de feltro azul parecia um pontinho ridículo no meio da cabeça grande e careca.

A canção tinha o tom alegre e ruidoso de uma canção de bar, e meu Deus, como ele cantava alto. O barulho dos cascos dos cavalos parecia quase um acompanhamento de percussão para a voz alta e aguda:

— *Vou à cidade pr'uma dama encontrar, uma dama peituda, uma dama tesuda. Vou à cidade pr'uma noiva arrumar, quando a noite chegar, e o Valentim comemorar!*

— Quanta classe. — Shelby revirou os olhos, mas reconheceu o sotaque do homem. Servia de pista. — Bom, acho que estamos na boa e velha Inglaterra.

— E acho que hoje é Dia de São Valentim, ou Dia dos Namorados — disse Miles.

— Que divertido. Vinte e quatro horas para se sentir especialmente solteiro e patético... *ao estilo medieval*.

Ela fez um gesto de dança com as mãos naquela última parte para dar um efeito especial, mas Miles estava ocupado demais observando a carroça passar para perceber.

Os cavalos estavam amarrados em rédeas e arreios azuis e brancos que não combinavam entre si. As costelas dos bichos estavam aparentes. O homem seguia sozinho, sentado sobre um banco de madeira apodrecida na frente da carroça, que era mais ou menos do tamanho da caçamba de uma caminhonete e coberto por um encerado branco resistente. Shelby não conseguia ver o que o homem estava transportando para a cidade, mas seja lá o que fosse, era pesado. Os cavalos suavam apesar do clima frio e as tábuas da base da carroça se retesavam e tremiam enquanto ela seguia na direção da cidade murada.

— A gente deveria seguir esse cara — disse Miles.

— Para quê? — Shelby contorceu a boca. — Está a fim de encontrar uma dama peituda e tesuda?

— Quero 'encontrar' alguém que a gente conheça, cujo Anunciador possamos usar para voltar para casa. Está lembrada? Seu hidratante labial? — Ele abriu os lábios dela com o polegar. O toque deixou Shelby sem fala por um instante. — Na cidade teremos mais chances de esbarrar com um dos anjos.

As rodas da carroça rangiam enquanto entravam e saíam dos sulcos na estrada enlameada, balançando o carroceiro de um lado para o outro. Logo ele estava tão perto que Shelby pôde ver a aspereza de sua barba, tão espessa e negra quanto o colete de pele de urso que ele usava. O fôlego do homem falhou na última sílaba estendida ao cantar *comemorar*, e ele inspirou bem fundo antes de recomeçar a canção. Mas então a música foi interrompida de repente.

— O que é isso? — perguntou ele num grunhido.

Shelby viu que as mãos do sujeito estavam rachadas e vermelhas por causa do frio quando ele puxou com dureza as rédeas dos cavalos para diminuir o ritmo. Os animais magricelas suspiraram, parando bem na frente do boné de beisebol azul de Miles.

— Não, não, não — murmurou Shelby entredentes. O rosto de Miles agora estava branco.

O homem se ergueu com dificuldade do banco, aterrissando as botas na lama espessa. Caminhou na direção do boné de Miles e se abaixou dando outro resmungo, depois o apanhou de uma só vez, num piscar de olhos.

Shelby ouviu Miles engolir em seco ruidosamente.

Uma rápida esfregada nas calças já imundas do homem e o boné ficou mais ou menos limpo. Sem uma palavra, o homem se virou e tornou a se encarapitar no banco da carroça, enfiando o boné embaixo do encerado atrás de si.

Shelby olhou para baixo, para si mesma e seu moletom com capuz verde. Tentou imaginar a reação do homem caso ela saísse de trás da árvore usando roupas esquisitas do futuro para tentar recuperar o tesouro dele. Não era uma ideia nada agradável.

No tempo que levou para Shelby se acovardar, o homem já havia puxado as rédeas; a carroça recomeçou a seguir na direção da cidade e a canção do carroceiro começou a décima segunda rodada.

Mais uma mancada de Shelby.

— Ah, Miles. Desculpe.

— Agora precisamos seguir esse cara de qualquer jeito — disse Miles, meio desesperado.

— Sério? — perguntou Shelby. — É só um boné.

Mas então ela olhou para Miles. Ela ainda não havia se acostumado a ver o rosto dele. As bochechas que Shelby costumava achar infantis pareciam mais fortes, mais angulosas, e um brilho salpicado nas íris dos olhos revelavam uma nova intensidade. Pela expressão de Miles, ela pôde perceber que com certeza aquilo não era "só um boné" para ele. Não sabia se o objeto lhe trazia lembranças especiais ou se simplesmente era um talismã, mas faria qualquer coisa para que aquela expressão sumisse do rosto dele.

— Está bem — soltou ela. — Vamos atrás dele.

Antes que Shelby se desse conta do que estava acontecendo, Miles entrelaçou seus dedos aos dela. O toque era firme e meio impulsivo; e então ele a arrastou em direção à estrada.

— Vem!

Ela resistiu por um instante, mas aí, sem querer, seus olhos se fixaram aos dele, que eram absurdamente azuis, e Shelby sentiu uma onda de empolgação dominá-la.

E de repente estavam correndo por uma estrada medieval salpicada de neve, passando por campos de plantações mortas por causa do inverno, cobertas com um manto liso de neve que envolvia as árvores e pontilhava a estrada suja. Dirigiam-se a uma cidade murada com altas espiras negras e uma entrada estreita e cercada por fossos. De mãos dadas, com os rostos corados, os lábios rachados de frio, rindo sem motivo de um jeito que Shelby jamais conseguiria colocar em palavras (rindo tanto que ela quase se esqueceu do que estavam prestes a fazer). Mas então, quando Miles gritou "Pule!", algo se encaixou e ela obedeceu.

Por um momento, quase teve a sensação de estar voando.

A beirada dos fundos da carroça era arrematada por um tronco cheio de nós, cuja largura mal era suficiente para que eles se equilibrassem. Os pés deles deslizaram sobre o tronco, aterrissando ali sem qualquer elegância por pura sorte...

Durou só um segundo. Então a carroça bateu contra um sulco e chacoalhou ferozmente, o pé de Miles escorregou e Shelby largou o ponto do encerado onde estava segurando. Os dedos dela deslizaram e seu corpo se debateu, e ela e Miles foram atirados para trás, aterrissando na lama.

Splash.

Shelby gemeu. Seu peito latejava. Ela limpou a lama fria dos olhos e cuspiu um monte daquela meleca escura. Olhou para a carroça, que ficava cada vez menor à distância. O boné de Miles já era.

— Você está bem? — perguntou ela.

Ele limpou o rosto com a manga da camiseta.

— Sim. E você? — Quando ela concordou com um aceno, ele sorriu. — Faça a cara que Francesca faria se ela descobrisse onde estamos nesse exato momento. — O pedido de Miles parecia alegre, mas Shelby sabia que por dentro ele estava arrasado.

Mesmo assim, ela resolveu entrar no jogo. Shelby adorava imitar a majestosa professora deles na Shoreline. Ela rolou para fora da poça, se apoiou apropriadamente nos cotovelos, estufou o peito e empinou o nariz:

— E suponho que vocês vão negar que estavam propositadamente tentando desgraçar o legado de Shoreline? Sou completamente *avessa* a imaginar o que o graaaande comitê de diretores irá dizer. E já mencionei que quebrei uma unha na quina de um Anunciador tentando rastrear vocês dois...?

— Ora, ora, Frankie. — Miles ajudava Shelby a sair da lama enquanto engrossava a voz para fazer sua melhor imitação de Steven, o marido ligeiramente menos demoníaco de Francesca. — Não sejamos assim tão duros com os Nefilim. Um único semestre lavando as privadas será suficiente para lhes ensinar uma lição. Afinal, o erro deles tem origem em nobres intenções.

Nobres intenções. Encontrar Luce.

Shelby engoliu em seco, sentindo uma melancolia invadi-la. Eles eram um time, eles três. E times não se separam.

— Nós *não* desistimos dela — disse Miles com suavidade. — Você ouviu o que Daniel disse. Ele é o único capaz de encontrá-la.

— Acha que ele já a encontrou?

— Espero que sim. Ele disse que encontraria. Mas...

— Mas o quê? — perguntou Shelby.

Miles fez uma pausa.

— Luce estava bem brava quando abandonou todo mundo no quintal. Espero que quando Daniel a encontrar, ela o perdoe.

Miles estava coberto de lama, e Shelby o encarou sabendo o quanto ele havia, em determinada época, de fato gostado de Luce. Confessadamente, ela jamais se sentira *daquele* jeito a respeito de ninguém. Na verdade, ela era famosa por escolher os piores caras para se relacionar. *Phil?* Me poupe! Se ela não tivesse se apaixonado por ele, os Párias não teriam rastreado Luce, ela não teria precisado saltar para dentro de um Anunciador, e Miles e Shelby não estariam empacados ali agora. Cobertos de lama.

Mas aquele não era o ponto crucial da questão. Parecia impressionante Miles não estar amargurado ao ver Luce completamente apaixonada por outra pessoa. Ele não estava. Esse era Miles.

— Ela vai perdoá-lo — disse Shelby por fim. — Se alguém me amasse o bastante para mergulhar através de múltiplos milênios apenas para me encontrar, eu o perdoaria.

— Ah, então bastaria isso? — Miles a cutucou com o cotovelo.

Num impulso, ela golpeou a barriga dele com as costas da mão. Era o jeito dela e da mãe de se provocarem, coisa de melhores amigas. Mas Shelby normalmente era bem mais reservada com as pessoas de fora do seu núcleo familiar. Estranho.

— Ei — disse Miles, interrompendo os pensamentos dela. — Nesse momento eu e você precisamos nos concentrar em como chegar à cidade e encontrar um anjo que possa nos ajudar a voltar para casa.

E, nesse meio-tempo, recuperar aquele boné, acrescentou Shelby mentalmente enquanto ela e Miles começavam a correr, seguindo a carroça em direção à cidade.

※

A taverna ficava a mais ou menos 1,5 quilômetro de distância das muralhas, um estabelecimento solitário em um campo enorme. Era uma estruturazinha de madeira com uma placa do mesmo material desgastada e pendurada, com imensos barris de cerveja encostados junto às paredes.

Shelby e Miles haviam passado correndo por centenas de árvores desfolhadas pelo frio e por trechos de neve suja derretida na estrada que serpenteava até a cidade. Não havia muito o que ver; na verdade, os dois perderam a carroça de vista depois que Shelby sentiu uma pontada na lateral do corpo e eles foram obrigados a ir mais devagar, mas agora, por sorte, eles a vislumbraram estacionada em frente à taverna.

— Aí está o nosso cara — disse Shelby baixinho. — Provavelmente ele parou para beber uma dose. Idiota. Vamos só pegar o boné de volta e seguir caminho.

Miles concordou, mas enquanto eles rodeavam sorrateiramente os fundos da carroça, Shelby viu o carroceiro de colete de pele em frente à porta e seu coração falhou. Ela não conseguia ouvir o que o homem dizia, mas ele segurava o boné de Miles e o mostrava ao taberneiro com tanto orgulho quanto se estivesse exibindo uma rara pedra preciosa.

— Ah — disse Miles, decepcionado. Então ele aprumou os ombros. — Sabe de uma coisa? Vou comprar outro. Dá para comprar um igual em qualquer lugar da Califórnia.

— Hum, tudo bem.

Shelby golpeou a lona encerada da carroça do homem, frustrada. A força do seu golpe fez com que um dos cantos do encerado se levantasse com força. Por um segundo, ela vislumbrou uma pilha de caixas lá dentro.

— Hum. — Ela enfiou a cabeça por baixo do encerado.

Era frio e meio fedorento, lotado de todo tipo de coisa estranha. Havia jaulas de madeira amontoadas de galinhas pintadas adormecidas, sacas pesadas de alimentos, um saco de estopa com diversas ferramentas de ferro e um monte de caixas de madeira. Ela tentou abrir a tampa de uma delas, mas nem sequer conseguiu movê-la.

— O que você está fazendo? — perguntou Miles.

Shelby ofereceu um sorriso confiante.

— Tendo uma ideia. — Então estendeu o braço para apanhar algo que parecia um pequeno pé de cabra dentro do saco de ferramentas e abriu a tampa de uma das caixas mais próximas. — Bingo!

— Shelby?

— Se vamos entrar na cidade, estas roupas podem passar a ideia errada. — Ela remexeu o bolso de seu casaco verde com capuz para enfatizar o que dizia. — Você não acha?

Embaixo do encerado Shelby encontrou algumas roupas simples, que pareciam desbotadas e desgastadas, provavelmente roupas que já não serviam para a família do carroceiro. Ela atirou aqueles pequenos tesouros para Miles, que com dificuldade conseguiu apanhar todos.

Num piscar de olhos ele estava segurando um vestido comprido de linho verde-claro, com mangas boca de sino e uma faixa dourada bordada correndo pelo meio, um par de meias amarelo-limão e um chapéu de senhora com uma fita que mais parecia a touca de uma freira, feito de linho cinza-claro.

— Mas e *você*, o que vai usar? — brincou Miles.

Shelby teve de revirar mais meia dúzia de caixas cheias de trapos, pregos entortados e pedras lisas até encontrar algo que servisse para Miles. Por fim, ela sacou uma túnica azul simples feita de lã áspera e dura. Aquilo o manteria aquecido e protegido do vento forte; era comprida o bastante para cobrir os tênis Nike; e por algum motivo Shelby achava que aquela cor combinaria perfeitamente com os olhos dele.

Shelby abriu o zíper de seu casaco com capuz verde e o atirou para os fundos da carroça. Seus braços nus ficaram arrepiados enquanto ela enfiava o vestido largo por cima do jeans e da blusinha que estava vestindo.

Miles ainda parecia relutante.

— Eu me sinto esquisito por vestir coisas que aquele cara provavelmente estava levando à cidade para vender — sussurrou ele.

— Isso é carma, Miles. Ele roubou seu boné.

— Não, ele *encontrou* meu boné. E se ele tiver família para sustentar?

Shelby assoviou baixinho.

— Você não sobreviveria nem um dia no meio de gente barra pesada, garoto — ela deu de ombros —, se eu não estivesse aqui para cuidar de você. Olhe, pegue mais leve. Vamos pagar isso de volta para o cosmos. Meu casaco... — Ela acariciou o casaco verde com capuz, dentro da caixa. — Quem sabe? Talvez esse tipo de abrigo vire a febre da próxima estação nos teatros de anatomia, ou seja lá onde esses caras se divertem por aqui.

Miles ergueu o chapéu de senhora cinza-claro por sobre a cabeça de Shelby, mas o rabo de cavalo não deixava que ele se encaixasse, então ele puxou o elástico. O cabelo loiro dela desceu pelos ombros. Agora era *ela* quem se sentia constrangida. Seu cabelo era um completo horror. Ela *nunca* o usava solto. Mas os olhos de Miles brilharam quando o chapéu se ajeitou em sua cabeça.

— *Milady*. — Ele galantemente lhe estendeu a mão. — Posso ter o prazer de acompanhá-la até esta bela cidade?

Se Luce estivesse ali, na época em que os três ainda eram apenas bons amigos e as coisas eram um pouquinho menos complicadas, Shelby teria sabido exatamente como reagir à brincadeira. Luce teria feito sua voz doce e recatada de dama em perigo e chamado Miles de seu cavaleiro de armadura reluzente ou alguma besteira do tipo. Shelby teria acrescentado um comentário sarcástico, e aí todos teriam caído na risada e a tensão esquisita que Shelby sentia nos ombros, o aperto em seu peito... tudo isso desapareceria. Tudo pareceria *normal*, completo.

Mas agora eram apenas Shelby e Miles.

Juntos. A sós.

Eles se viraram para encarar a muralha de pedra escura em volta da cidade, que circundava uma fortaleza central elevada. Estandartes amarelo-ouro pendiam de mastros de ferro na alta torre de pedra. O ar cheirava a carvão e feno mofado. Música vinha do interior das muralhas, uma lira talvez, alguns tambores de pele macia. E, em algum lugar lá dentro, Shelby esperava, haveria um anjo cujo Anunciador seria capaz de transportar os dois de volta ao presente, onde era o lugar deles.

Miles continuava com a mão estendida, olhando Shelby como se não tivesse a menor ideia da profundidade do azul nos próprios olhos. Ela inspirou profundamente e deslizou a palma da mão por sobre a dele. Ele apertou a mão dela de leve e os dois caminharam para dentro da cidade.

DOIS

BAZAR BIZARRO

A tranquilidade campestre ficara para trás. Em vez disso, bem em frente aos portões da cidade, havia um grande burburinho, com barracas improvisadas montadas ao longo do gramado — que estava mais para marrom-acinzentado agora que era inverno — e dos dois lados da estrada que levava às altas muralhas negras. As barracas eram obviamente parte de um evento temporário, como um festival de feriado ou algo assim. O caos animado das pessoas andando por ali lembrava a Shelby um pouco de Bonnaroo, cujas fotos ela vira na internet. Ela analisava o que as pessoas estavam vestindo: aparentemente o visual touca de freira estava na moda. Shelby pensou que ela e Miles não deviam estar chamando *tanta* atenção assim.

Os dois se juntaram a uma multidão que atravessava os portões e seguiram o fluxo de pessoas, que parecia se mover em apenas uma direção: rumo ao mercado na praça central. Torretas assomavam diante deles, parte de um enorme castelo próximo aos limites distantes das muralhas. O marco fundamental da praça era uma igreja modesta, porém atraente, do início do período gótico (Shelby reconheceu por causa das torres esguias). Um labirinto de ruas e alamedas cinzentas cortava a cidade a partir da praça do mercado, que estava lotada, caótica, fedorenta e vibrava, o tipo de lugar onde se espera encontrar qualquer coisa e qualquer um.

— Linho! Dois rolos por dez centavos!
— Castiçais! Exclusivos!
— Cerveja de cevada! Cerveja de cevada fresca!

Shelby e Miles foram obrigados a pular fora do caminho para não trombarem com um frade atarracado que empurrava uma carroça com canecas de cerâmica com cerveja de cevada. Observaram as costas largas do homem envoltas pela túnica cinzenta enquanto ele abria caminho pelo mercado lotado. Shelby começou a segui-lo, só para ter um pouco de espaço, mas um instante depois a massa fedida de cidadãos tagarelando preencheu o vazio.

Era quase impossível dar um passo sem trombar em alguém. Havia tanta gente na praça, barganhando, fofocando, dando tapas nas mãozinhas de crianças para que elas não roubassem as maçãs à venda, que ninguém prestava a mínima atenção em Miles e Shelby.

— Como vamos encontrar alguém conhecido nesse esgoto?

Shelby apertou a mão de Miles com força quando a décima pessoa pisou em seu pé. Isso conseguia ser pior do que aquele show do Green Day em Oakland, quando ela ganhou hematomas nas costas por ficar na frente do palco.

Miles virou o pescoço.

— Sei lá. Talvez todo mundo conheça todo mundo? — Ele era mais alto do que a maioria dos cidadãos, por isso para ele a coisa não era tão ruim.

Ele tinha acesso a ar fresco e a uma visão desimpedida, mas *ela* estava se sentindo à beira de um surto de claustrofobia: já sentia aquele típico arrepio de rubor nas bochechas. Freneticamente, Shelby puxava o colarinho alto do vestido e ouviu algumas costuras se abrirem. — Como é que as pessoas conseguem respirar vestindo essas coisas?

— Inspire pelo nariz e expire pela boca — instruiu Miles, demonstrando seu próprio conselho por um segundo antes de o fedor forçá-lo a torcer o nariz. — Eca. Olha, tem um poço ali. Que tal um gole?

— Provavelmente vamos contrair cólera — murmurou Shelby, mas ele já estava andando, puxando-a atrás de si.

Os dois passaram por baixo de um varal frouxo e úmido cheio de roupas fiadas em casa, pularam um pequeno desfile de gorgolejantes perus pretos espalhados de modo irregular e desviaram de dois irmãos ruivos vendendo peras antes de alcançarem o poço. Era uma coisa arcaica: um círculo de pedras ao redor de um buraco, com um tripé de madeira disposto sobre a abertura. Um balde cheio de musgo pendia de uma polia primitiva.

Após alguns segundos, Shelby conseguia respirar novamente.

— As pessoas bebem água daí?

Agora ela podia ver que, embora o mercado tomasse a maior parte da praça, não era a única atração da cidade. Um grupo de bonecos medievais envolvidos em estopa tinha sido montado em um dos lados do poço. Rapazes praticavam golpes com espadas de madeira, investindo contra os ancestrais dos bonecos de *test-*

drive, como cavaleiros em treinamento. Menestréis vagavam pelas beiradas do mercado, cantando canções estranhamente belas. Até mesmo o poço tinha lá sua finalidade.

Ela agora via uma pequena manivela de madeira para erguer o balde. Um rapaz com calças de camurça bem justas havia mergulhado uma concha no balde, oferecendo-a para uma garota com olhos enormes e um ramo de azevinho atrás da orelha. Ela esvaziou o conteúdo da concha em poucos goles sedentos, olhando cheia de amor para o rapaz o tempo inteiro, absorta à água que escorria pelo seu queixo e pelo seu lindo vestido creme.

Quando ela terminou, o rapaz passou a concha para Miles com uma piscadela. Shelby não teve certeza se gostou do que aquela piscadela insinuava, mas estava com sede demais para criar caso.

— Vieste para a Feira de São Valentim, não? — perguntou a garota a Shelby, numa voz tão plácida quanto um lago.

— Eu, hã, nós...

— De fato — interrompeu Miles, adotando um horrendo sotaque britânico falso. — Quando as comemorações irão começar?

Ele soava *ridículo*. Mas Shelby engoliu o riso para não entregar o amigo. Ela não tinha certeza do que aconteceria caso fossem descobertos, mas já tinha ouvido falar de gente empalada, de instrumentos de tortura como a roda e a rack. *Hidratante labial, Shelby. Pensamento positivo. Chocolate quente, saudações ao sol e reality shows. Concentre-se nisso.* Os dois iriam fugir dali. Precisavam fugir.

Com doçura, o rapaz envolveu a cintura da moça com um dos braços.

— Imediatamente. Amanhã é o feriado.

A garota varreu o ar com a mão gesticulando para o mercado.

— Mas, como podem ver, a maioria dos apaixonados já chegou. — Ela tocou o ombro de Shelby de um jeito brincalhão. — Não te esqueças de colocar teu nome na Urna do Cupido antes de o sol se pôr!

— Ah, claro. Você também — murmurou Shelby de modo estranho, como sempre fazia quando os atendentes dos balcões dos aeroportos lhe desejavam uma boa viagem.

Ela mordeu a parte interna da bochecha enquanto o rapaz e a garota acenavam em despedida, ainda de braços dados ao caminhar pela rua.

Miles segurou o braço dela.

— Isso não é *demais*? Uma feira de São Valentim!

Vindo do garoto jogador de beisebol da casa ao lado, o mesmo que Shelby certa vez vira comer nove cachorros-quentes de uma vez... Desde quando Miles ficava tão empolgado com uma festa tola de Dia dos Namorados?

Ela estava prestes a fazer algum comentário sarcástico quando viu que Miles parecia... bem... esperançoso. Como se de fato desejasse ir à festa. *Com ela?* Por algum motivo, ela não quis desapontá-lo.

— Claro. Demais. — Shelby deu de ombros, de modo casual. — Parece divertido.

— Não. — Miles balançou a cabeça. — Eu quis dizer que... se existe algum lugar onde os anjos caídos estarão, é aqui. É aqui que iremos encontrar alguém para nos ajudar a voltar para casa.

— Oh. — Shelby pigarreou. Claro que era isso que ele queria dizer. — Ah é, bem lembrado.

— O que foi? — Miles mergulhou a concha no poço e levou a base fria cheia de água até os lábios de Shelby. Parou e limpou a borda com a manga da túnica, depois estendeu a concha novamente.

Shelby sentiu o próprio rosto corar sem motivo, então fechou os olhos e bebeu, esperando que não contraísse algum tipo de doença devastadora e morresse. Depois que terminou, ela respondeu:

— Nada.

Miles mergulhou a concha novamente e bebeu um grande gole, vasculhando a multidão com o olhar.

— Veja — disse ele, deixando a concha cair de volta no balde.

Então apontou para uma plataforma erguida atrás de Shelby, na extremidade das bancas do mercado, onde três garotas estavam aninhadas, se dobrando em uma crise de risadinhas. Entre elas havia um pote alto de peltre com borda canelada. Parecia bem velho e bem feio, o tipo de "obra de arte" cara que Francesca teria em seu escritório em Shoreline.

— Deve ser a Urna do Cupido — comentou Miles.

— Ah é, óbvio. A Urna do Cupido — concordou Shelby com sarcasmo. — E que diabos isso quer dizer? Será que o Cupido não teria um gosto melhor, não?

— É uma tradição que vem da época clássica de Roma — explicou Miles, como sempre entrando em modo acadêmico. Viajar com ele era como transportar uma enciclopédia. — Antes de o Dia de São Valentim ser o Dia de São Valentim — prosseguiu com um tom de empolgação na voz —, ele se chamava Lupercalia...

— Luper cai... — Ela agitou uma das mãos, ensaiando um trocadilho infeliz. Então viu a expressão de Miles. Tão pura e sincera.

Registrando os olhos dela sobre seu rosto, ele ergueu instintivamente a mão para puxar a aba do boné de beisebol sobre os olhos. Era um tique nervoso. Mas as mãos não encontraram nada.

Ele se retraiu, como se constrangido, e tentou enfiar a mão no bolso da calça jeans, mas a áspera túnica azul estava por cima dela e tudo que conseguiu fazer foi cruzar os braços.

— Você sente falta dele, né? — perguntou Shelby.

— Do quê?

— Do seu boné.

— Daquela coisa velha? — Ele deu de ombros com rapidez demais. — Que nada. Nem penso nisso. — Ele olhou para o lado, lançando um olhar vazio para a praça.

Shelby pousou a mão no braço dele.

— O que você estava falando sobre Luper... hã, você sabe?

Os olhos dele voltaram para os dela, duvidosos.

— Você realmente quer saber?

— O papa veste Prada?

Agora ele sorriu.

— A Lupercalia era na verdade um ritual pagão de celebração da fertilidade e da chegada da primavera. Todas as mulheres disponíveis da cidade escreviam seus nomes em tiras de pergaminho e as colocavam em uma urna... como aquela ali. Cada homem solteiro tirava uma tira da urna, e aquela mulher cujo nome estava escrito ali seria sua queridinha durante aquele ano.

— Que coisa mais bárbara! — gritou Shelby.

De jeito nenhum que uma urna diria a ela com quem sair! Ela era capaz de cometer seus erros sozinha, muito obrigada.

— Eu acho bonitinho. — Miles deu de ombros e olhou para o outro lado.

— Acha? — A cabeça de Shelby girou de volta para ele. — Quero dizer, acho que poderia ser bacana. Mas essa tradição da urna vem antes de o festival ter alguma coisa a ver com São Valentim, não é?

— Isso — respondeu Miles. — A Igreja acabou se envolvendo em determinado momento. Queriam colocar aquele ritual pagão sob seu controle, então o relacionaram a um patrono. Costumavam fazer isso com os antigos feriados e tradições. Como se deixasse de ser uma ameaça caso pertencesse a eles.

— Típico comportamento masculino.

— Bem, em vida, o verdadeiro Valentim foi conhecido como defensor do romance. As pessoas que não podiam se casar legalmente, os soldados, por exemplo, vinham de todas as partes procurá-lo, e ele realizava a cerimônia em segredo.

Shelby balançou a cabeça.

— Como é que você *sabe* disso tudo? Ou melhor: *por quê?*

— Luce — respondeu Miles, sem olhar nos olhos de Shelby.

— Ah. — Shelby sentiu como se alguém tivesse acabado de lhe dar um soco no estômago. — Você aprendeu toda a história do Dia de São Valentim para impressionar *Luce?* — Ela chutou a terra. — Bem, parece que algumas garotas gostam dos nerds.

— Não, Shelby. Quero dizer... — Miles agarrou os ombros dela e girou-lhe o rosto em direção à plataforma com a urna. — É *Luce*. Bem ali.

Luce usava um vestido marrom-claro com uma saia armada. Seu longo cabelo negro estava enlaçado em três tranças grossas, unidas com finas fitas brancas. Sua pele parecia mais clara que de costume, com o rubor rosado do frio colorindo as maçãs do rosto. Ela circundava a urna com passos vagarosos e contemplativos, mantendo distância das outras garotas. Em meio ao caos da praça, Luce parecia ser a única pessoa solitária. Seus olhos tinham aquele tom suave e desfocado que assumiam quando ela estava perdida em seus pensamentos.

— Shelby... espere!

Shelby já estava no meio da praça, quase correndo em direção a Luce, quando Miles agarrou seu punho com força e a fez parar. Ela se virou, prestes a brigar com ele.

Mas a expressão de Miles... *cintilava* com algo que Shelby não conseguia decifrar.

— Você sabe que esta é a Lucinda do passado. Essa garota não é a nossa amiga. Ela não vai *reconhecer* você...

Shelby nem havia pensado nisso, mas fingiu que sim. Virou-se e deu mais uma olhada atenta em Lucinda. O cabelo dela estava sujo, não ensebado, mas algo além de ensebado, realmente *sujo*, coisa que a Luce Price jamais toleraria. As suas roupas não lhe caíam muito bem, do ponto de vista moderno de Shelby, mas Lucinda parecia à vontade nelas. Parecia à vontade com tudo, na verdade, o que era algo totalmente contrário à Luce que conheciam. Shelby achava que Luce era cronicamente (embora encantadoramente) deslocada. Era uma das coisas que ela adorava na amiga. Mas aquela garota ali? Aquela garota parecia à vontade mesmo em meio à tristeza desesperada que saturava cada um de seus movimentos. Como se estivesse tão acostumada a sentir-se taciturna quanto estava ao fato de o sol nascer todos os dias. Será que ela não tinha nenhum amigo para animá-la? Não era para isso que eles serviam?

— Miles — disse Shelby, agarrando o punho livre dele e se inclinando para perto. — Sei que nós concordamos em deixar o Daniel encontrar nossa Lucinda Price, mas esta garota *ainda* é a Lucinda de quem gostamos... ou pelo menos uma versão prévia dela. E o mínimo que podemos fazer é animá-la. Olhe como ela está arrasada. Olhe.

Ele mordeu o lábio.

— Mas... mas... tudo o que aprendemos a respeito dos Anunciadores diz que não devemos mexer com o...

— Oiiiii! — disse Shelby cantarolando, puxando Miles atrás de si até eles ficarem ao lado de Lucinda.

Ela não sabia que aquele sotaque de beldade sulista veio de quando ouvira a mãe de Luce atual arrastar as palavras no Dia de Ação de Graças, lá na Geórgia. E não fazia ideia do que as pessoas ali, naquele mundo britânico medieval, iriam pensar do fato de ela soar como uma debutante da Geórgia, mas agora era tarde demais.

Alguns centímetros atrás dela, Miles balançou a cabeça horrorizado. *Foi sem querer!*, se desculpou Shelby com o olhar.

Lucinda nem sequer havia notado, de tão imersa na tristeza que estava. Shelby precisou ir para a frente dela e agitar a mão diante de seu rosto.

— Oh — disse Lucinda, piscando diante de Shelby sem nenhum sinal de havê-la reconhecido. — Bons dias.

Aquilo não deveria ter magoado Shelby, mas magoou.

— N-não nos encontramos antes? — balbuciou Shelby. — Acho que meu primo de, hum, Windsor conhece um tio da família do seu pai... Ou talvez seja o contrário.

— Lamento, creio que não, contudo talvez...

— Você é Lucinda, certo?

Lucinda espantou-se, e por um momento um brilho familiar cintilou nos olhos dela.

— Sim.

Shelby colocou a mão sobre o próprio peito.

— Sou Shelby. Este é Miles.

— Que nomes mais singulares. Devem ter vindo do norte, não?

— Claro. — Shelby encolheu os ombros. — Do extremo, extremo norte. Então, nunca estivemos na... vossa antiga Feira de São Valentim antes. Tu vais colocar teu nome na urna?

— Eu? — Lucinda engoliu em seco, tocando com delicadeza a concavidade do pescoço. — A ideia de que um golpe do acaso possa definir o destino do meu coração não me agrada.

— Fala como uma garota que conseguiu um namorado muito bom! — disse Shelby e cutucou Lucinda, se esquecendo de que elas não se conheciam, se esquecendo de que suas palavras poderiam ser rudes e de que seu sarcasmo poderia soar esquisito diante da sensibilidade medieval de Lucinda. — Quero dizer... existe algum cavaleiro que aprecies, senhorita?

— Eu estava apaixonada — disse Lucinda num tom sombrio.

— Estava? — repetiu Shelby. — Ou quer dizer que *está* apaixonada?

— Estava. Porém ele se foi.

— Daniel *abandonou* você? — Miles estava vermelho. — Quero dizer... qual era o nome dele?

Porém Lucinda não parecia haver escutado.

— Nós nos conhecemos no rosedal do castelo do seu lorde. Devo confessar que invadi o lugar, mas tinha visto tantas damas finas indo e vindo, e o portão estava aberto, e as rosas pareciam tão convidativas...

Ela uniu as mãos junto ao coração e suspirou com profundo arrependimento.

— Naquele primeiro dia, ele acreditou que eu era uma garota de nível mais elevado. Nobre. Eu usava meu melhor vestido e meu cabelo estava trançado com flores de espinheiro, como fazem algumas damas. Eu estava bela, porém receio que tenha sido um ato desonesto.

— Ah, Lucinda — disse Shelby. — Tenho certeza de que aos olhos dele você é uma dama!

— Daniel é um cavaleiro. Deve desposar uma dama de acordo. Minha família, nós somos comuns. Meu pai é um homem livre, porém cultiva grãos, assim como meu avô fazia. — Ela piscou e uma lágrima deslizou por sua face. — Jamais sequer revelei meu nome ao meu amor.

— Se ele a ama, e tenho certeza de que sim, ele saberá seu verdadeiro nome — disse Miles.

Lucinda estremeceu ao inspirar profundamente.

— Então, na semana passada, como parte de suas atribuições de cavaleiro, ele... ele veio até a porta do meu pai apanhar ovos para o banquete de São Valentim do seu lorde. Era o aniversário de meu batizado e estávamos celebrando. Ver o rosto do meu amor ao me avistar em nossa humilde casa... Tentei impedir que ele se fosse, mas ele partiu sem dizer nada. Procurei-o em todos os nossos esconderijos secretos, o carvalho oco na floresta, os limites a norte do rosedal ao cair do sol, mas desde então não mais o vi.

Shelby e Miles se entreolharam. Obviamente, Daniel não dava a mínima para a origem familiar de Lucinda. Foi o aniversário, o fato de ela estar cada vez mais perto dos limites de sua maldição, que o assustou. A essa altura Shelby já conhecia o modo como Daniel às vezes tentava se afastar de Luce quando sabia que a morte dela estava próxima. Ele partia o coração dela para tentar salvar-lhe a vida. Provavelmente ele estava se lamentando em algum lugar, também de coração partido.

Tinha de ser assim. A garota diante de Shelby precisava morrer, talvez uma centena de vezes, antes de chegar à vida em que Shelby conheceria Luce: a vida na qual Luce teria a primeira chance de quebrar a maldição.

Não era justo. Não era justo que ela precisasse morrer incontáveis vezes e precisasse sofrer daquele jeito tantas vezes nesse meio-tempo. Mais do que qualquer um, Lucinda merecia ser feliz.

Shelby queria fazer alguma coisa por ela, mesmo que algo pequeno.

Olhou para Miles novamente. Ele ergueu uma sobrancelha de um jeito que Shelby esperava significar *Você está pensando o mesmo que eu?* Ela concordou.

— Isso tudo não passa de um mal-entendido — disse Shelby. — Nós conhecemos Daniel.

— Conhecem? — Lucinda pareceu surpresa.

— Vou lhe dizer uma coisa: vá para a Feira amanhã, pois tenho certeza de que Daniel também estará lá, e então vocês dois poderão...

O lábio de Lucinda tremeu, e ela enterrou o rosto no ombro de Shelby enquanto começava a chorar.

— Não suportaria vê-lo retirar o nome de outra da urna.

— Lucinda — disse Miles com tanta suavidade que os olhos da garota se desanuviaram e ela o fitou do mesmo jeito íntimo que Luce às vezes olhava. Aquilo fez com que Shelby se sentisse estranhamente com ciúmes. Shelby desviou o olhar enquanto Miles perguntava: — Acreditas que Daniel a ama verdadeiramente?

Lucinda fez que sim.

— E em seu coração — prosseguiu Miles — acreditas de fato que a conexão que tens com ele seja tão fraca que a posição de sua família seja capaz de quebrá-la?

— Ele... ele não tem escolha. Está escrito no Código dos Templários. Ele deve desposar uma...

— Luce! Então você não sabe que seu amor é mais forte do que um código idiota? — Shelby não se conteve.

Lucinda ergueu uma sobrancelha.

— Perdão...? — disse ela.

Miles lançou um olhar de advertência para Shelby.

— Quero dizer, hã... o amor verdadeiro é mais profundo e mais forte do que meras formalidades sociais. Se amas Daniel, então deves dizer a ele o que sentes.

— Sinto-me estranha.

Lucinda estava corada, com a mão junto ao peito. Fechou os olhos, e por um instante Shelby achou que ela iria se consumir em chamas bem ali e naquele instante. Shelby recuou um passo.

Porém não era assim que a coisa funcionava, era? A maldição de Luce tinha a ver com o modo como ela e Daniel interagiam, com algo que a presença dele despertava nela.

— Quero acreditar que o que dizes é verdade. Sinto subitamente que nosso amor é muito forte.

— Forte o bastante para que vá até Daniel, se o trouxermos até você no festival amanhã?

Lucinda abriu os olhos. Eles pareciam enlouquecidos e cintilavam com um brilho castanho.

— Eu iria. Iria a qualquer parte do mundo para estar ao lado dele novamente.

TRÊS

SUA ESPADA, SUA PALAVRA

— Isso foi brilhante! — gritou Shelby depois que Lucinda se foi, e ela e Miles estavam a sós no poço.

No céu vespertino, os raios do sol se tornaram pálidos. A maioria dos cidadãos tomava o caminho de volta para casa, as carroças e os alforjes pesados com as provisões para o jantar daquela noite. Shelby não comia havia muito tempo, mas ela mal percebia os aromas de frango assado e batatas cozidas no ar. Estava muito empolgada para isso.

— Você e eu estávamos completamente conectados. Eu pensava em algo e você dizia, como se a gente tivesse entrado numa sintonia maluca!

— Eu sei. — Miles mergulhou a concha no balde e tomou um longo e demorado gole de água. As sardas dele destacaram-se sob a luz do sol. Shelby ainda estava se acostumando à aparência diferente dele sem o boné de beisebol. — Você tinha razão; foi bom ter feito Luce se sentir melhor. Mesmo que não seja a *nossa* Luce. — Por um segundo, a cabeça de Miles se virou para a esquerda, como se ele tivesse ouvido algo. Seu corpo se enrijeceu.

— O que foi? — perguntou Shelby.

E então os ombros dele se retraíram um pouco além do normal. — Nada. Pensei ter visto um Anunciador, mas não era nada.

Shelby não queria pensar em Anunciadores; estava empolgada demais.

— Sabe o que seria sensacional? — disse ela, sentando-se na beirada do poço. — Nós poderíamos fazer compras para eles dois, comprar uma caixinha de joias para Luce e dizer que foi presente de Daniel. Eu poderia escrever um poema bonitinho, "rosas são vermelhas" ou algo do tipo; ei, provavelmente deve ser novidade para esses caras medievais. E poderíamos...

— Shelby? — interrompeu Miles. — Que tal pensar em voltar para casa? Não pertencemos a essa época, lembra? Já ajudamos Lucinda ao lhe dar esperança de ir à Feira de São Valentim, mas não podemos fazer muita coisa para mudar a forma como a maldição dela se manifesta. Precisamos encontrar um Anunciador.

— Bem, você sabe que se Luce está por perto, o restante deles também está — disse Shelby rapidamente. — Se pudermos encontrar Daniel, seria tipo dois coelhos com uma cajadada só. Ele iria para a Feira; nós encontraríamos o caminho de volta para Shoreline.

— Não sei se seria assim tão fácil fazer Daniel ir a essa Feira.

— Então não podemos voltar para casa! Não até cumprirmos a promessa que fizemos à Luce! Não quero ser mais uma pessoa a decepcioná-la. — Shelby se sentiu desanimada de repente. — Ela merece coisa melhor.

Miles expirou lentamente. Andou ao redor do poço, a testa franzida, a expressão pensativa.

— Tem razão — disse ele por fim. — O que é mais um dia, afinal?

— Sério? — exclamou Shelby num gritinho agudo.

— Mas onde vamos encontrar Daniel? Lucinda não disse algo sobre um castelo? — falou Miles. — Poderíamos encontrá-lo e...

— Conhecendo bem Daniel, ele deve estar choramingando por aí em qualquer lugar. E digo mesmo *qualquer* lugar.

Shelby ouviu o som dos cascos dos cavalos e virou a cabeça na direção da ampla trilha central que atravessava a praça do mercado. Para além das bancas dos mercadores, que estavam fechando o comércio com a chegada da noite, ela avistou de relance um cavalo régio e branco como a neve.

Quando ele passou pelo último toldo e entrou por completo no campo de visão, Shelby engoliu em seco.

A figura sobre a sela negra forrada por arminho, e a quem Shelby, Miles e a maioria dos cidadãos encarou com descarada admiração, era de fato um cavaleiro com armadura reluzente.

De ombros largos, sua identidade obscurecida pelo visor do elmo, o cavaleiro cavalgava pela praça com um ar autoritário de nobreza. As placas de aço rebitadas começavam nos pés, que estavam presos a dois estribos robustos. Suas pernas estavam cobertas por grevas polidas, e sua cota de malha tinha um corte tão rente que se prendia às laterais musculosas do corpo. O elmo de metal tinha topo chato, com duas placas curvadas que se uniam em um fechamento angulado sobre o nariz. Havia minúsculos buraquinhos na frente do visor e uma abertura estreita ao longo dos olhos. Era assustador: o homem podia vê-los, mas eles não podiam ver nada além da presença gritante dele.

Uma bainha presa ao seu lado esquerdo transportava uma espada, e sobre a armadura ele usava uma longa túnica branca com uma cruz vermelha marcada no peito, como aquela que Shelby lembrava ter visto num filme do Monty Python.

— Por que não perguntamos a ele?
— Sério?

Shelby vacilou. Claro que ela se sentia nervosa por abordar um cavaleiro de verdade, mas de que outra forma eles iriam encontrar Daniel?

— Você tem alguma ideia melhor? — Ela apontou para a figura que se aproximava. — Ele é um cavaleiro. Daniel é um cavaleiro. As chances são de que os dois andem nos mesmos círculos, certo?

— Está bem, está bem. Mas Shel? — Miles inspirou pela metade, algo que ele fazia quando estava nervoso. Ou quando achava estar prestes a magoar os sentimentos de Shelby. — Tente não usar o sotaque magnífico da Geórgia, tá? Pode ter passado despercebido pela cabecinha apaixonada de Lucinda, mas precisamos ser mais cuidadosos ao nos misturar. Lembre-se do que Roland disse sobre brincar com o passado.

— Estou me misturando, estou me misturando. — Shelby saltou da beirada do poço, aprumou os ombros como imaginava que uma dama de verdade faria, deu uma piscadela meio esquisita para Miles e caminhou em direção ao cavaleiro.

Porém só tinha dado duas passadas curtas quando o cavaleiro se virou para encará-la, ergueu o visor e estreitou os olhos escuros de um jeito... Shelby já havia visto várias vezes aquele olhar.

Falando no diabo. Miles não tinha *acabado* de mencionar Roland Sparks?

Roland olhou de Shelby para Miles, de Miles para Shelby. Obviamente os reconheceu, o que significava que aquele era o

Roland do presente deles, o Roland deles, aquele que eles haviam visto pela última vez no quintal devastado por uma batalha de Lucinda Price. Ou seja: eles estavam com problemas.

— O *que* vocês dois estão fazendo aqui?

Miles foi para o lado de Shelby instantaneamente e passou as mãos ao redor dos ombros dela de um jeito protetor. Era muito bacana da parte dele, como se não quisesse deixá-la entrar numa encrenca sozinha.

— Estamos procurando Daniel. Pode nos ajudar? Sabe onde ele está?

— Ajudar *vocês*? A encontrar *Daniel*? — Roland contorceu as sobrancelhas escuras de modo desconcertado. — Não seria Luce, a garota mortal perdida em seus próprios Anunciadores, que vocês estariam procurando? Vocês dois são totalmente sem noção.

— Já sabemos, já sabemos, não pertencemos a essa época. — Shelby exibiu seu tom mais arrependido. — Viemos parar aqui por acaso — acrescentou, olhando para Roland naquele cavalo branco incrível. Ela não fazia ideia de como os cavalos eram gigantescos. — Estamos tentando voltar para casa, mas estamos com dificuldade de encontrar um Anunciador...

— Claro que sim. — Roland bufou de raiva. — Agora, como se eu não tivesse obrigações suficientes, ainda tenho de servir de babá. — Ele levantou casualmente uma das mãos enluvadas. — Vou convocar um para vocês.

— Espere. — Miles deu um passo à frente, interrompendo Roland. — Pensamos que, já que estamos aqui, poderíamos, talvez, fazer algo bacana pela Lucinda. Você sabe, a Lucinda desta época. Nada de mais, apenas tornar a vida dela um pouco mais alegre. Daniel a abandonou...

— Você sabe como ele é às vezes... — interrompeu Shelby.

— Esperem aí. Vocês viram Lucinda? — perguntou Roland.

— Ela estava arrasada — disse Miles.

— E amanhã é Dia de São Valentim, Dia dos Namorados — acrescentou Shelby.

O corcel relinchou, e Roland o controlou com as rédeas.

— Ela estava clivada?

Shelby torceu o nariz.

— Estava o *quê*?

— Suas versões do passado e do presente estavam unidas?

— Você quer dizer igual a... — Shelby pensou no jeito como Daniel estava em Jerusalém, perdido e fora de foco, como em um filme 3D ao qual se assiste sem os óculos.

Mas, antes que ela pudesse responder, Miles deu um pisão no pé dela. Se Roland não tinha gostado de ver os dois ali, com certeza não iria gostar do fato de eles terem viajado por aí pelos Anunciadores, indo a praticamente todo lugar.

— Shhh — sussurrou Miles de soslaio.

— Olha, é bem simples: ela reconheceu vocês? — pressionou Roland.

Shelby suspirou.

— Não.

— Não — disse Miles.

— Então ela é a Luce desta época e não devemos interferir.

Roland olhou os dois com desconfiança evidente, mas não disse mais nada. Um de seus longos cachos de cabelo loiro escuro se soltou do elástico e caiu do elmo. Ele tornou a guardá-lo e olhou para a praça ao redor, para os cachorros atacando um verme de intestino de vaca, para as crianças chutando uma bola de couro meio torta pelas ruas enlameadas. Ele obviamente desejava não haver trombado com eles.

— Por favor, Roland — pediu Shelby, estendendo a mão ousadamente para a luva de cota de malha dele. *Manopla*, pensou. Essas luvas são chamadas de *manoplas*. — Você não acredita no amor? Não tem coração?

Shelby sentiu as palavras suspensas no ar gélido e desejou poder retirar o que disse. Com certeza ela fora longe demais. Não sabia qual era a história de Roland. Ele havia ficado ao lado de Lúcifer quando os anjos caíram, mas jamais pareceu assim tão mau. Apenas misterioso e inescrutável.

Ele abriu a boca para dizer algo, e Shelby aguardou para ouvir mais um sermão sobre os perigos de viajar nos Anunciadores, ou uma ameaça de entregá-los a Francesca e a Steven. Ela se retraiu e desviou o olhar.

Então ouviu o ruído suave do visor sendo fechado.

Ao olhar para Roland, o rosto dele estava encoberto novamente. A abertura escura para os olhos era impenetrável.

Que jeito para estragar tudo, Shelby.

— Vou encontrar Daniel para vocês. — A voz de Roland trovejou de trás do visor, fazendo Shelby dar um pulo. — Vou garantir que ele chegue aqui a tempo da Feira de amanhã. Tenho uma última tarefa a cumprir e depois voltarei aqui para lhes oferecer um Anunciador que os leve de volta a Shoreline, onde vocês deveriam estar agora. Não aceito discussões. É pegar ou largar.

Shelby tensionou a mandíbula com força para não ficar boquiaberta. Ele iria ajudá-los.

— Nada... nada de discussões — balbuciou Miles. — Assim está ótimo, Roland. Obrigado.

Então o elmo de Roland se abaixou ligeiramente, um meneio que Shelby tomou como um gesto de concordância, mas ele não disse mais nada. Apenas esporeou seu corcel branco, fazendo-o se virar para a trilha que levava para fora da cidade. Os mercadores se espalharam assustados ante o trote do animal, que então iniciou um galope, a cauda branca esvoaçando atrás dele como uma baforada de fumaça esvanecendo.

Shelby notou algo estranho: em vez de cavalgar orgulhosamente para fora da cidade, Roland sentou-se com a cabeça baixa, os ombros ligeiramente encurvados. Como se algo inexplicável houvesse modificado seu estado de espírito. Teria sido algo que ela dissera?

— Isso foi intenso — comentou Miles, indo para o lado dela.

Shelby se aproximou um pouco dele, de forma que os braços dos dois se tocassem, e aquilo a fez sentir-se melhor.

Roland iria encontrar Daniel. Iria ajudá-los.

Shelby se flagrou sorrindo de um jeito que nada tinha a ver com ela. Em algum ponto debaixo de toda aquela armadura, talvez houvesse um coração que acreditasse no poder do amor verdadeiro.

Apesar de todo seu cinismo declarado, Shelby precisava admitir que ela também acreditava no amor. E percebeu que, pela forma como Miles havia consolado Lucinda naquela tarde, que ele também. Juntos os dois observavam o brilho do sol poente refletir na armadura de Roland e ouviam o clangor dos cascos do cavalo sobre o calçamento de pedra sumindo à distância.

QUATRO

MÃO ENLUVADA

Uma coisa boa sobre a Idade Média: as estrelas eram inacreditáveis.

Sem a intervenção das luzes urbanas, o céu era uma paisagem cintilante de galáxias, o tipo de céu que fazia Shelby querer ficar acordada um longo tempo apreciando. Logo antes do cair da noite, o sol finalmente havia se dissipado através das nuvens cinzentas de inverno, e, acima, a tela escura agora estava cravejada de estrelas.

— Aquela ali é a Ursa Maior, não é? — perguntou Miles, apontando para um arco brilhante no céu.

— Sei lá. — Shelby deu de ombros, embora tivesse se inclinado para acompanhar o dedo dele com os olhos. Pôde sentir o cheiro da pele dele, familiar e ligeiramente cítrico. — Não sabia que você gostava de astronomia.

— Nem eu. Nunca me interessei. Mas há algo nas estrelas esta noite... ou algo nesta noite em geral. Tudo parece meio especial. Sabe?

— Sei. — Shelby suspirou, entregue ao céu ao qual ela nunca tinha dado muita atenção. Sentia-se ligada a ele de um modo estranho. E a Miles também. — Sei sim.

Depois que concordaram em passar mais uma noite ali, a briguenta Shelby havia procurado um cobertor e uma corda, e, usando as habilidades aprendidas nos seus dias em meio à galera barra pesada, os transformou em uma barraca quase graciosa. Como tantos outros dos visitantes festivos, ela e Miles haviam montado acampamento em um morro alto em frente às muralhas da cidade. Miles inclusive havia encontrado lenha, embora nenhum dos dois soubesse como fazer fogo sem fósforos.

Na verdade, até que era bacana ali. Sim, havia os uivos dos excêntricos coiotes da floresta, mas Shelby lembrou-se de que às vezes as noites em Shoreline tinham os mesmos gritos agudos. Ela e Miles simplesmente ficariam grudados e se esconderiam atrás daqueles medievais parrudos caso alguma criatura selvagem surgisse do meio do mato.

Um mercado noturno especial de feriado estava sendo montado perto da estrada. Então, depois de armarem a barraca, os dois se separariam: enquanto Miles iria atrás de comida, Shelby procuraria presentes de Dia dos Namorados para dar a Luce e a Daniel no dia seguinte. Depois voltariam a se encontrar no acampamento, para jantar sob a luz das estrelas.

Uma hora antes do pôr do sol, os vendedores transferiram a festa para o lado de fora da cidade. O mercado noturno era diferente do diurno, que comercializava itens como roupas e cereais. Shelby percebeu que o comércio noturno se tratava de um evento especial, que ocorria apenas no feriado do Dia dos

Namorados, quando a cidade ficava lotada de mercadores e outros visitantes que vinham de longe.

O gramado estava coberto por barracas recém-montadas, muitas das quais também faziam as vezes de centros de escambo. Shelby não tinha muito a oferecer, mas conseguiu trocar seu elástico de cabelo rosa-shocking por um pequenino lenço de renda em forma de coração, que planejava dar de presente a Luce como sendo "de Daniel".

Ela também ficou feliz em trocar uma tornozeleira de cânhamo que Phil havia lhe dado em Shoreline por uma bainha de couro para adaga, que achou que Daniel poderia gostar. Era difícil presentear os homens.

O elástico de cabelo e a tornozeleira não tinham o menor valor para Shelby, mas eram exóticos para os mercadores. "O que é essa substância alquímica que se estica e mantém a forma?", perguntaram, examinando o elástico como se fosse uma pedra de valor incalculável. Shelby sufocou o riso, sem nunca deixar de pensar completamente nos instrumentos de tortura medievais.

Como sempre ficava depois de fazer compras, Shelby estava faminta. Esperava que Miles tivesse conseguido descolar algo bom para comer. Andava apressada pelo gramado lotado para ir encontrá-lo quando um pensamento confuso lhe ocorreu: do que ela estava se esquecendo?

— Oh, que lindo chapéu de senhora! — Uma mulher loira com sorriso largo surgiu diante dela. Ela acariciou o véu de renda do toucado que Shelby havia roubado da carroça naquela manhã. — Foi feito pelo Mestre Tailor?

— Hã... quem? — O rubor culpado de Shelby subiu até as pontas do seu chapéu roubado.

— A tenda dele fica logo ali. — A mulher apontou para uma barraca feita de lona branca retesada a mais ou menos 30 metros de distância. — Henry tem três irmãs, todas costureiras maravilhosas. Na maior parte do ano, as agulhas delas voam apenas para costurar as vestimentas usadas nos mistérios, as peças de teatro da Igreja, mas elas sempre dão um jeito de fazer alguma coisinha especial para a Feira de São Valentim. O trabalho delas sempre me deixa sem fôlego.

A tenda estava aberta, e ali, embaixo da lona, estava o homem atarracado em cuja carroça ela e Miles haviam tentado saltar tal qual como em um trem de carga naquela manhã. O homem que havia apanhado o boné de Miles. Uma pequena multidão havia se reunido ali e murmurava ooohs e aaahs impressionados, admirando algo aparentemente muito precioso. Shelby teve de se espremer entre as pessoas antes de reconhecer o objeto que atraía tantos olhares famintos:

Um reluzente boné azul dos Dodgers.

— Vejam só o tingimento magnífico deste visor de tarlatana! — Henry Tailor estava bastante entretido no seu discurso de venda, como se o boné sempre tivesse sido parte de suas mercadorias, como se ele mesmo o houvesse confeccionado. — Já viram pontos como estes? Impecavelmente regulares, ao ponto da... invisibilidade!

— E quando uma espada cortar esse feltro, Henry, e então? — zombou um homem.

A multidão começou a comentar em burburinho que talvez a aba não fosse o item mais resistente da coleção de Henry.

— Tolos — disse Henry. — Este visor não é uma armadura, mas um objeto de beleza. Então não é possível que algo seja feito apenas para agradar os olhos e o coração?

Enquanto as pessoas vaiavam, o coração de Shelby batia forte no peito, pois ela sabia o que tinha de fazer.

— Eu compro este chapéu! — gritou ela de repente.

— Não está à venda! — respondeu Henry.

— Claro que está à venda — insistiu Shelby, afastando a irritação com seu sotaque britânico horrendo, afastando para o lado algumas pessoas espantadas, afastando tudo o que não fosse sua ânsia de conseguir o boné. Era importante para Miles, e Miles era importante para ela. — Aqui — gritou ela —, leve meu chapéu de senhora no lugar dele! Meu, hã, pai o comprou para mim hoje cedo, mas ele não me serve.

Henry a fitou, e Shelby teve um instante de pânico: com certeza ele saberia que ela havia roubado o chapéu. Mas quando ele inclinou a cabeça diante de Shelby, não pareceu sequer perceber que o chapéu já havia sido seu.

— É verdade, ele deixa suas orelhas aparentes. Mas não será o bastante.

O quê? Ela não tinha orelhas de abano! Shelby estava prestes a detonar Henry quando se lembrou do motivo de estar ali.

— Ora, vamos! Este chapéu é velho, o tecido está desbotado! — Ela apontou um dedo acusador. — E que perversidade significam estas letras adornadas na frente?

— Isso são letras? — perguntou alguém da multidão.

— Não sei ler — disse outro.

Estava na cara que Henry também não sabia.

— O que está escrito? — perguntou ele. — Achei que era simples ornamentação. — E depois, se lembrando de que havia assumido a autoria do chapéu, ele acrescentou: — O desenho me foi oferecido por um cavalheiro que passava.

— São a marca do demônio! — improvisou Shelby, a voz aumentando de volume à medida que ela ganhava confiança. — Essas pontas são seu sinal e sua marca.

A multidão reprimiu um grito de espanto e se aproximou. O cheiro deles fez Shelby não conseguir respirar.

Henry afastou o boné de si.

— É mesmo? Então por que o queres?

— Por que achas? Pretendo destruí-lo em nome de tudo o que é sagrado e correto neste mundo.

Houve um murmúrio de aprovação vindo da multidão.

— Eu irei queimá-lo e livrar o mundo da marca maligna do demônio! — Ela estava realmente se empolgando.

Algumas pessoas soltaram vivas contidos.

— Vou proteger todos nós do veneno nele contido!

Henry coçou a cabeça.

— Mas afinal é só um chapéu, não?

Ao redor de Shelby, as pessoas se viraram para olhá-la.

— Bem, sim, mas... o que interessa é que eu irei tomá-lo das tuas mãos.

O alfaiate olhou para o chapéu de senhora nas mãos dela, erguendo a sobrancelha esquerda.

— Este trabalho artesanal me parece familiar — balbuciou ele. Então olhou de novo para o boné de Miles. — Uma troca justa, então?

Shelby lhe estendeu o toucado de renda.

— Uma troca justa.

O homem assentiu e a troca foi feita. O estimado boné dos Dodgers de Miles tinha o peso de ouro maciço nas mãos de Shelby, e ela não via a hora de voltar para sua barraca. Ele iria ficar tão feliz! Ela saltitou pelo gramado passando por menestréis que entoavam canções tristes e solitárias, por crianças no jogo eterno de pega-pega, e logo viu a silhueta dos ombros de Miles na escuridão.

Só que não estava escuro.

Miles tinha conseguido fazer uma fogueira! E estava assando um punhado de linguiças na brasa. Quando ele a olhou e sorriu, uma pequena covinha que ela nunca havia notado antes apareceu na bochecha esquerda dele. Shelby sentiu-se tonta. Talvez fosse por ter corrido tanto. Ou por causa do súbito calor do fogo.

— Está com fome? — perguntou Miles.

Ela fez que sim, nervosa demais para encontrar palavras por ter recuperado o boné dele. Ela segurava o boné atrás das costas, consciente demais de tudo: de sua postura, do presente, das próprias roupas medievais que estavam largas. Mas aquele era o Miles; ele não iria julgá-la. Então por que de repente ela estava tão nervosa?

— Achei que pudesse estar mesmo. Ei, cadê seu chapéu?

Havia uma pontada de pesar na voz dele? Será que o cabelo dela estava ridículo? Agora ela não tinha nem sequer o elástico para prendê-lo.

Ela corou.

— Eu o troquei.

— Ah. Por algo para dar a Luce e Daniel?

Graças à luz que brincava com o rosto dele, Miles parecia ser o melhor amigo dela e também alguém completamente diferente. Alguém, percebeu Shelby, que ela gostaria muitíssimo de conhecer.

— Sim. — Shelby sentiu-se estranha, ali de pé na frente dele com sua juba maluca de leão. Por que o cabelo dela não era como o de Luce, macio, brilhante, sexy e tudo o mais? Um cabelo do qual os garotos gostavam. Miles gostava do cabelo de Luce. Ele continuava encarando Shelby. — O que foi?

— Nada de mais. Sente. Tem cidra e um pouco de pão.

Shelby se jogou na grama ao lado de Miles, tomando cuidado para esconder o boné dele nas dobras do vestido. Ela queria entregá-lo no momento certo, tipo depois que seu estômago parasse de roncar. Ele deslizou uma linguiça fumegante sobre uma fatia de pão grossa e crocante e lhe entregou uma pequenina xícara rachada com cidra. Os dois brindaram e se olharam.

— Onde você conseguiu tudo isso?

— Você acha que é a única que sabe negociar? Fui obrigado a dizer tchau para dois bons cadarços para conseguir esse seu sanduíche, minha cara dama, por isso coma.

Enquanto Shelby dava uma mordida e bebericava a cidra, ficou satisfeita por ver que Miles não estava olhando para o cabelo dela. Ele observava a vastidão de barracas que se estendia até a cidade e a fumaça de uma centena de fogueiras subindo no ar. Sentiu-se mais aquecida e feliz do que em muito tempo.

Miles terminou o sanduíche antes mesmo de Shelby ter dado uma segunda mordida no seu.

— Sabe, essa saga de Luce e Daniel, o amor impossível deles, a maldição indestrutível, o destino e tudo o mais... quando a gente começou a aprender sobre essas coisas nas aulas, e mesmo quando conheci Luce, isso parecia...

— Uma besteirada sem fim? — interrompeu Shelby. — Foi o que eu achei, pelo menos.

— Bem, é — admitiu Miles. — Mas agora, depois de viajar pelos Anunciadores com você, de ver como há muito mais coisa neste mundo, de encontrar Daniel em Jerusalém, de ver como Cam era diferente quando estava noivo... acho que talvez exista isso que chamam de amor verdadeiro.

— É. — Shelby pensou sobre aquilo, mastigando. — Pois é.

Do nada, ela teve muita vontade de perguntar uma coisa a Miles. Mas sentiu medo. E não medo do tipo dormir ao ar livre numa floresta cheia de animais, nem do tipo estar muito, muito longe de casa sem ter a certeza de poder encontrar de novo o caminho de volta. Era uma espécie de medo cru e vulnerável, cuja intensidade a fazia estremecer.

Mas se ela não perguntasse, jamais saberia. E isso seria pior.
— Miles?
— Sim?
— Você já se apaixonou alguma vez?
Miles arrancou uma lâmina de grama seca e a retorceu entre as palmas das mãos. Ele lhe deu um sorriso, depois uma risada constrangida.
— Sei lá. Quero dizer... provavelmente não. — Ele tossiu. — E você?
— Não — disse ela. — Nem perto disso.
Nenhum dos dois parecia saber o que dizer depois disso. Durante algum tempo, apenas ficaram ali sentados imersos em um silêncio tenso. Às vezes Shelby se esquecia de que havia essa tensão no ar e achava que era apenas um silêncio tranquilo com seu amigo Miles. Mas depois arriscava uma olhadela para ele, e o pegava olhando para ela, com aqueles olhos que eram azuis de um jeito mágico, e tudo parecia muito diferente e ela ficava nervosa de novo.
— Já sentiu vontade de ter vivido em outra época? — Miles finalmente mudou de assunto, e foi como se alguém tivesse estourado um gigantesco balão de tensão. — Eu poderia usar uma armadura, entrar para a cavalaria, a coisa toda.
— Você seria um ótimo cavaleiro! Mas eu não, eu não me encaixo nisso aqui. Gosto da minha barulheira na Califórnia.
— Eu também. Ei, Shel? — Os olhos dele pousaram sobre ela, que sentiu calor, embora uma rajada do vento de fevereiro atravessasse seu vestido de lã crua. — Acha que as coisas vão ser diferentes depois que a gente voltar para Shoreline?
— É claro que vão. — Shelby olhou para baixo e arrancou um punhado de grama. — Quero dizer, a gente vai estar na sala de aula lendo o *Tribune* e armando brincadeiras para fazer com

os não Nefilim. Tipo assim, não vamos beber de poços medievais e coisas do tipo.

— Não foi isso que eu quis dizer. — Miles se virou para encará-la. Ele ergueu o queixo dela com o dedo. — Eu quis dizer em relação a você e a mim. Somos diferentes nesse lugar. Gosto do jeito como somos aqui. — Uma pausa. Um olhar de azul profundo. — E você?

Shelby sabia que ele quis dizer outra coisa, mas ela também sentiu medo de falar sobre essa outra coisa que ele de fato poderia estar se referindo. Porque... e se ela estivesse errada? Fosse qual fosse o jeito que Miles e ela "fossem" ali, ela gostava, e muito. Durante o dia inteiro ela ficou sentindo um *furor* por estar perto dele, mas não conseguiu expressá-lo. Aquilo a deixava sem fala.

Por que ele não podia simplesmente ler a mente dela? (Não que fosse estar menos confuso lá dentro.) Mas não; Miles aguardava a resposta dela, que estava demorando, e que era simples e ao mesmo tempo muito, muito complicada.

— Claro. — Shelby corou.

Ela precisava de uma distração. Estendeu a mão para apanhar o boné de beisebol; assim Miles olharia para ele em vez de encarar as bochechas coradas dela.

— O motivo de eu ter perguntado sobre seu chapéu — disse Miles antes que ela pudesse lhe entregar o boné — foi porque encontrei isso no mercado esta noite. — Ele ergueu um par de luvas de couro amarelado com punhos brancos. Eram lindas.

— Você comprou isso? Para mim?

— Troquei por outra coisa, na verdade. Você precisava ver como o fabricante de luvas ficou doido com um pacotinho de chiclete. — Ele sorriu. — Enfim, suas mãos estavam tão frias o dia todo... E achei que elas combinariam com o seu chapéu.

Shelby não conseguiu evitar e começou a gargalhar. Encolheu o corpo, bateu as mãos no chão e assoviou. Era tão bom soltar toda aquela energia tensa reprimida, liberá-la no ar da véspera do Dia dos Namorados e simplesmente rir.

— Você odiou. — Miles parecia arrasado. — Eu sei que não são seu estilo usual, mas eram da mesma cor do chapéu e...

— Não, Miles, não é nada disso. — Shelby tornou a se sentar e soluçou ao ver o rosto dele. Depois tornou a rir de novo. — Eu troquei aquele chapéu para lhe dar isso. — Ela ergueu o boné dos Dodgers.

— Tá brincando.

Ele estendeu a mão para apanhá-lo como um garoto que não conseguia acreditar que os brinquedos embaixo da árvore de Natal eram mesmo dele.

Silenciosamente, Shelby pegou as luvas. Miles agarrou o boné. Depois de um longo momento, os dois experimentaram seus presentes.

Com o boné enfiado bem firme sobre seus olhos azuis, Miles se parecia com seu antigo eu novamente, o mesmo garoto com quem Shelby tivera uma centena de aulas em Shoreline, o garoto com quem ela havia entrado nos Anunciadores, o garoto que era, agora ela percebia, seu melhor amigo.

E as luvas... as luvas eram sensacionais. Do couro mais macio do mundo, com o modelo mais delicado. Serviam perfeitamente nela, quase como se Miles soubesse a forma exata das mãos de Shelby. Ela ergueu o olhar para agradecer, mas a expressão dele a fez parar.

— O que houve?

Miles coçou a testa.

— Não sei. Você se importaria se eu tirasse o boné? Acabei de perceber que consigo enxergar você melhor sem ele e gostei disso.

— *Me enxergar?* — Shelby não sabia por que sua voz escolheu justamente aquele momento para falhar.

— É. Enxergar você. — Ele segurou as mãos dela. A pulsação de Shelby se acelerou. Tudo em relação àquele momento parecia extremamente importante.

Só havia uma coisa errada.

— Miles?

— Sim?

— Você se importa se eu tirar as luvas? Eu adorei e vou usá-las, prometo, mas nesse momento não... não consigo sentir as suas mãos.

Com a maior suavidade do mundo, Miles retirou as luvas de couro, um dedo de cada vez. Quando terminou, as colocou no chão e tornou a segurar as mãos de Shelby. O toque de Miles, forte, reconfortante e de algum modo surpreendente, fez com que ela sorrisse interna e externamente. Na parte oca do loureiro atrás deles, um rouxinol trinou doce. Shelby engoliu em seco. Miles inspirou devagar.

— Sabe no que eu pensei quando Roland disse que ia nos mandar para casa amanhã?

Shelby negou com a cabeça.

— Pensei: *Agora vou passar o Dia dos Namorados nesse lugar incrivelmente romântico com uma garota de quem eu gosto de verdade.*

Shelby não soube o que dizer.

— Você não está falando de Luce, está?

— Não. — Ele encarava os olhos dela, esperando alguma coisa. Shelby tornou a sentir aquela tontura. — Estou falando de você.

Em seus dezessete anos de vida, Shelby já havia sido beijada por um monte de sapos e por alguns bem asquerosos. E toda vez que esse momento chegava, o garoto fazia o gesto mais sem noção possível e perguntava: "Posso beijar você agora?" Ela sabia que algumas garotas achavam isso educado, mas para Shelby não passava de algo completamente sacal. Ela sempre acabava respondendo algo sarcástico e aquilo simplesmente arruinava o clima. Ela ficou morrendo de medo de que Miles lhe perguntasse se podia beijá-la. Ficou morrendo de medo de que ele *não* perguntasse se podia beijá-la.

Por sorte, Miles não lhe deu muito tempo para sentir medo.

Ele se inclinou bem devagar até ela e envolveu sua bochecha com a palma da mão. Os olhos dele estavam da cor do céu estrelado. Quando ele guiou o queixo dela para perto do dele, inclinando seu rosto bem de leve, Shelby fechou os olhos.

Os lábios de ambos se uniram no beijo mais doce.

Simples, apenas alguns movimentos. Nada muito complicado; afinal de contas, eles só estavam começando. Quando Shelby abriu os olhos e flagrou o olhar dele, vendo aquele sorriso que ela conhecia tão bem quanto o próprio, soube que havia ganhado o melhor presente de Dia dos Namorados que poderia existir. Não teria trocado aquilo por nada.

LIÇÕES DE AMOR

O DIA DOS NAMORADOS DE ROLAND

UM

A LONGA E OFUSCANTE ESTRADA

Roland cavalgava com empenho até os portões setentrionais da cidade. Embora aquele caminho acabasse por obrigá-lo a relembrar o pior momento da sua vida, ele não fez qualquer desvio. Estava em uma missão.

Seu cavalo, uma égua estranha para ele até algumas horas atrás, quando a roubara dos estábulos do lorde, se adaptou intuitivamente às suas necessidades. Era uma égua árabe branca e bela com os arreios e as rédeas negras de cavaleiro. Antes de Roland encontrá-la, estava de olho num cavalo de lavrador malhado com flancos largos, um cavalo de trabalho poderia viajar por mais tempo do que um cavalo da nobreza, e com menos comida, mas Roland não se sentiu à vontade roubando da classe camponesa.

Aquela ali, que ele apelidou de Pretinha por causa da única mancha negra sobre o focinho, relinchou e empinou quando ele a montou pela primeira vez, mas depois de algumas voltas discretas pela trilha enlameada perto dos estábulos de ovelhas, os dois ficaram amigos. Ele sempre teve jeito com os animais, principalmente os cavalos. Os animais conseguiam ouvir a música na voz dele com mais clareza do que os seres humanos. Roland era capaz de sussurrar algumas poucas palavras para uma potra assustada e acalmá-la como um raio de sol depois de um furacão.

Quando Roland atravessou a confusão da praça do mercado, égua e cavaleiro formavam uma parceria perfeita, algo que ele não poderia dizer da sua armadura. A que ele havia surrupiado da câmara de armamentos do filho do lorde no castelo não servia direito. Era comprida demais nas pernas e estreita no peito, além disso, cheirava a suor azedo. Nenhuma dessas qualidades condizia com Roland, cujo corpo estava acostumado à alta costura.

Ao atravessar os portões, com cuidado para escapar da linha de visão do lorde, Roland simplesmente ignorou os olhares alarmados dos cidadãos e seus murmúrios e conjecturas a respeito da batalha para a qual ele se dirigia. Aquela armadura formal que ele usava, com sua maldita cota de malha rodeada por um cinto ornamental de 10 quilos e um elmo de aço rígido que não cabia direito na cabeça por causa dos seus *dreadlocks*, era usada exclusivamente para combates; era ostensiva e incômoda demais para as viagens casuais. Ele sabia disso. Tinha mais certeza a cada passo estremecedor do seu cavalo.

Porém aquela vestimenta tinha sido a única que Roland encontrara capaz de encobrir sua identidade de modo adequado. Ele não tinha ido até ali para ser importunado por mortais tentando capturar um mouro confundido com um demônio.

Precisava de um disfarce que não o atrapalhasse na conquista de um único e exclusivo objetivo: impedir que o Daniel medieval entrasse em apuros.

Não Lucinda. Daniel.

Lucinda Price, acreditava Roland, sabia o que estava fazendo. E mesmo quando ela não fazia a menor ideia, sempre acabava fazendo a coisa certa. Era impressionante. Os anjos que seguiram Luce pelos Anunciadores — Gabbe, Cam e até mesmo Ariane — não davam a ela o devido crédito. Porém Roland enxergou uma mudança nela pela primeira vez na Sword & Cross: uma estranha certeza despreocupada que ela jamais possuíra em nenhuma de suas vidas anteriores, como se finalmente vislumbrasse as profundezas da sua antiga alma. Luce podia não saber o que estava fazendo quando entrou nos Anunciadores sozinha, mas Roland sabia que ela entenderia tudo. Era o fim do jogo, e ela precisava interpretar seu papel.

Era por esse motivo que Roland estava preocupado com Daniel.

Era típico de Daniel cometer uma mancada com Luce e estragar tudo. Alguém precisava assegurar que ele não fizesse nada idiota, e por isso Roland foi atrás dele pelos Anunciadores no quintal de Luce.

Porém, encontrar Daniel estava sendo mais difícil do que o esperado. Roland chegou tarde demais em Helston, por pouco não o encontrou na Bastilha e provavelmente não iria alcançá-lo ali também. Se usasse a inteligência, Roland simplesmente tentaria interceptá-lo em uma das vidas anteriores deles.

Se usasse a inteligência.

Mas então ele viu os dois Anacronismos desacompanhados tramando descaradamente à beira do poço, em plena luz do dia, no centro da cidade, com as piores roupas e o pior sotaque.

Será que eles não sabiam nada?

Roland gostava dos Nefilim. Shelby era um tipo de pessoa estável e decente, e não era nada mau olhar para ela. E Miles... diziam que ele havia se aproximado demais de Luce em Shoreline, mas... qualquer cara no lugar dele não tentaria fazer o mesmo? Deixe o garoto em paz, era o que o Roland tinha a dizer. Miles tinha um coração de ouro e não era um tipo durão.

Roland entendia que os Nefilim estavam ali por pura boa vontade. Gostavam da amiga Luce. E era óbvio que Shelby e Miles tinham grandes esperanças de encontrar romance na Feira de São Valentim... para Luce e Daniel, e quem sabe até para eles mesmos.

Eles provavelmente não sabem disso ainda, pensou Roland, e sorriu.

Os mortais raramente conseguiam reconhecer seus verdadeiros sentimentos antes de os terem bem diante do nariz.

Isso acontecia com muitos casais que passavam tempo se banhando na luz de Daniel e Lucinda. Roland já havia testemunhado isso antes. Daniel e Lucinda eram emblemas do amor, ideais nos quais todo mortal e alguns imortais precisavam acreditar, quer eles mesmos fossem ou não capazes de estabelecer uma conexão tão verdadeira. Daniel e Lucinda eram um conceito que informava como o restante do mundo se apaixonava.

Era um poderoso feitiço com o qual se identificar.

Porém, obviamente, Roland precisou repreender os Nefilim por entrarem em uma das vidas medievais de Lucinda. Eles deveriam estar onde era seu lugar, na própria época, onde suas ações não poderiam causar qualquer catástrofe histórica.

Então, ele os censurou um pouco. Aquilo os manteria na linha até que ele pudesse escoltá-los em segurança de volta para casa. Viajar com eles era a única maneira de garantir que não terminassem indo parar em outro lugar ainda mais distante de Shoreline.

Mas o que deveria ser feito primeiro? Primeiro ele poderia se divertir com eles. Localizar Daniel e garantir que ele levasse sua figura tristonha para a Feira de São Valentim. Proporcionar a Daniel e Luce um momento de felicidade não era nenhum esforço para Roland e, além disso, dava-lhe algo a fazer.

E, naquela época específica, Roland precisava de uma ocupação. Para afastar o pensamento de outras coisas.

Na melancolia fria de fevereiro, Roland cavalgou por uma gleba onde plantações cuidadas por servos enchiam os bolsos dos clérigos locais. Passou por uma igreja gótica, com seus arcos pontudos e espiras farpadas. *A casa de Deus*. Ele não conseguiu impedir que este pensamento adentrasse sua mente. Fazia muito tempo que não entrava em uma igreja. Atravessou uma ponte elevada sobre o rio transbordante e lamacento e guiou a égua na direção do forte dos cavaleiros, que ele sabia estar a aproximadamente meio dia de viagem na direção norte.

Não era uma viagem agradável: a estrada era difícil e o clima, ruim. Pretinha fazia espirrar grandes porções de lama, que pintavam seus flancos de um tom encardido marrom-acinzentado. O frio fazia com que as dobradiças da armadura de Roland se enrijecessem a ponto de ficarem imóveis.

Ainda assim, no geral, havia algo de bom em voltar àquele passado. Um romântico como Daniel poderia dizer que a cavalaria nunca de fato morrera, mas ele tinha uma relação complicada tanto com o amor quanto com a morte. Roland tinha convivido com aquele tipo pioneiro de cavalaria durante anos. Àquela altura da Idade Média ela estava quase extinta, e com certeza estava morta nos dias atuais dos quais Roland viera. Disso ele não tinha dúvida.

Mas muito tempo atrás...

Pelo mais breve dos momentos ele se recordou de um vislumbre de cabelo dourado se agitando ao vento.

Ele levantou o visor do elmo e ofegou em busca de ar. Não pensaria nela. Não era por esse motivo que ele estava ali.

Ele esporeou Pretinha para seguir adiante e balançou a cabeça, tentando esvaziar a mente. Roland estava cerca de 1,5 quilômetro do bando de cavaleiros que procurava. Correu os olhos pelo horizonte: o verde arrebatador dos vales a leste, uma tempestade atrás dele e a oeste. À frente, a estrada circundava morros que formavam uma barreira protetora para a cidade. Também à frente havia um castelo que ele pretendia evitar. Faria uma grande volta para contorná-lo. E do outro lado daquele castelo estava a estrada, se é que suas condições continuavam acessíveis, que o conduziria até o Daniel desta época. E até o seu próprio eu medieval.

Em suas lembranças longínquas desta era, ele se recordava de como aquele cavaleiro com estranha armadura havia aparecido diante deles, seguindo ordens do rei.

O cavaleiro desacelerou sua montaria diante das tendas e fez circular um decreto ordenando os homens a abandonarem seu posto por duas noites a fim de celebrar o dia sagrado de São Valentim, como era desejo de Deus. Somente uns poucos dentre eles sabiam ler, portanto a maioria dos homens confiou com boa-fé naquela notícia. Roland ainda se lembrava das exclamações e dos gritos de seus companheiros de cavalaria.

O cavaleiro não dissera palavra: apenas entregou o decreto e galopou para longe... em seu cavalo negro como carvão.

Estranho. Roland olhou para Pretinha, acariciou sua crina branca como a prata.

Se aquele era o destino de Roland, ser o anjo por trás do visor, que entregaria a Daniel um presente de Dia dos Namorados, o guiando de volta aos braços da amada, então alguma coisa teria de acontecer para permitir que ele trocasse seu cavalo branco por um negro. E alguém teria de colocar um decreto real em suas mãos.

Coisas mais estranhas do que essa aconteciam quase todos os dias, ele sabia.

Ele apertou os calcanhares nos flancos de Pretinha e seguiu cavalgando, suando em um momento e tremendo no outro.

※

Por fim, Roland acabou chegando ao castelo, que guardava o feudo mais a norte do condado, o último posto avançado a caminho do acampamento dos cavaleiros. Por um instante ficou sentado sobre sua montaria, parado, observando aquele familiar trabalho em pedra esculpida.

Diante dele, o castelo era um colosso. Havia chaminés brancas como giz sobre cada câmara e aberturas estreitas para permitir uma visão de cada fachada. Modilhões e cornijas decoravam os blocos de pedra cinza-escuro, cuja magnitude fazia Roland se sentir minúsculo. O tamanho do castelo deixou a cabeça dele atordoada. Na verdade sempre deixava, mesmo durante aquele breve período no qual ele atravessava seus portões quase diariamente e subia as pedras sulcadas para ir até um balcão específico todas as noites.

Os joelhos dele tremeram contra os flancos da égua. O coração parecia ter inchado até ficar dez vezes maior do que o normal. Ele batia como se cada palpitação pudesse ser a última. Roland sentia uma ardência atrás dos ombros; ele desejava voar para bem longe, porém suas asas estavam presas na armadura metálica e ele não a retiraria.

Além disso, não importava para quão longe Roland voasse, ele não poderia fugir do terror que se espalhava por sua alma.

Dentro daquele castelo morava uma garota chamada Rosaline. Ela foi a única pessoa no universo que Roland realmente amou de verdade.

DOIS

MURALHAS QUE VIRAM PÓ

Pretinha relinchou suavemente quando Roland desceu de seu lombo. Ele a guiou até uma macieira sem brotos nos limites ao sul da propriedade do pai de Rosaline e amarrou as rédeas ao redor do tronco.

Quantas vezes Roland havia rodeado as árvores daquele pomar, carregando no braço a cesta trançada à mão que pertencia à sua amada, caminhando atrás dela, idolatrando seus movimentos graciosos enquanto ela arrancava frutas vermelhas dos galhos?

O pai dela era um conde, duque, barão ou alguma outra variedade de ganancioso magnata de terras. Roland havia parado de se incomodar com tais títulos mortais depois de mil anos assistindo a tipos como ele entretidos em seus jogos de guerra. Homens cuja única paixão mortal na vida parecia ser exatamente esta: travar guerras, roubar as riquezas dos feudos próximos e tornar a vida de todos os vizinhos um inferno na Terra. O grupo de cavaleiros ao qual serviam Daniel e Roland, porém, acabou sob comando dele, portanto Roland e seus companheiros haviam passado várias horas diante e dentro das muralhas daquele castelo.

Ele enfiou a mão nos alforjes de sela de Pretinha e encontrou uma maçã seca, que ofereceu à égua enquanto analisava a situação.

Ele se recordou daquela Feira de São Valentim. Sabia que ela havia ocorrido após o fim de seu envolvimento com Rosaline. O romance dos dois havia terminado há... cinco anos àquela altura.

Ele não deveria ter parado ali. Devia saber que isso aconteceria, que as lembranças inundariam sua mente e o enfraqueceriam.

Nem um dia havia se passado naqueles últimos mil anos em que Roland não se arrependesse do modo como havia terminado com Rosaline. Ele moldara sua vida ao redor desse arrependimento: muralhas e mais muralhas, cada qual com sua própria fachada impenetrável. O arrependimento fez surgir dentro dele um castelo muito maior do que aquele que agora estava à sua frente. Talvez por isso o tamanho daquela construção inglesa o emocionasse tanto: fazia Roland se lembrar da fortaleza que existia dentro de si.

Era tarde demais para se redimir com ela.

E no entanto...

Ele afagou Pretinha de modo encorajador e se dirigiu até o castelo. Havia uma trilha de calçamento de pedra ladeada por arbustos hibernantes de prímulas e que terminava diante de um pesado portão de metal. Roland o evitou e tomou uma trilha lateral. Andou sob a linha de árvores das florestas limítrofes até conseguir se esconder em meio às sombras da imponente muralha oeste do castelo, que se erguia com 4,5 metros de altura antes de sua primeira janela oferecer um vislumbre da paisagem lá de fora.

Ou lá de dentro.

Rosaline costumava esperar por ele ali, seu cabelo loiro caindo sobre o beiral da janela. Era um sinal de que ela estaria sozinha, aguardando pelos lábios de Roland. Agora a janela estava vazia, e olhá-la dali do chão fazia com que uma onda de saudade invadisse Roland, como se ele estivesse muitíssimo distante do lugar ao qual pertencia.

Não havia nenhum guarda vigiando as muralhas ali, ele sabia. A muralha era alta demais. Ele saiu das sombras e caminhou até ficar diretamente abaixo da janela.

Correu as mãos ao longo do paredão, se lembrando dos sulcos que seus pés haviam encontrado tantas vezes antes. Ele jamais ousara abrir as asas na frente de Rosaline. Já era o bastante pedir que uma mortal o amasse apesar da cor da pele dele. Seu pai jamais vira Roland sem o elmo e não permitiria que um mouro combatesse em nome dele.

Roland poderia ter mudado sua aparência; os anjos faziam isso o tempo todo. Quantas vezes Daniel havia mudado sua aparência mortal para Luce? Todos eles já haviam perdido as contas.

Mas não era do feitio de Roland seguir as tendências. Ele era um classicista. Sua alma se sentia à vontade, tão à vontade quanto era possível, especificamente naquela pele. Houve ocasiões, como hoje, nas quais sua aparência causou alguns aborrecimentos enfadonhos, mas nunca nada que Roland não pudesse suportar. Rosaline dizia que o amava pelo seu interior. E ele a amava por isso... mas ela não sabia *de fato*. Ainda havia algumas coisas a respeito de si que Roland sabia jamais poder expor.

Ele não faria isso agora, tirando aquela armadura ou abrindo as asas. O hábito o ajudaria a escalar a muralha do modo antigo.

A trilha entre as muralhas voltou à lembrança, como se tivesse sido iluminada pelo mesmo resplendor dourado que suas asas expostas lançavam sobre o mundo.

Roland começou a escalar.

De início, foi cauteloso na subida, mas mesmo com a armadura metálica barulhenta, logo se sentiu ágil novamente graças às lembranças leves do amor.

Poucos minutos depois, ele alcançou o topo da muralha externa e descansou as pernas na beirada estreita do parapeito. Endireitando o corpo, escapou em direção à torreta mais distante e olhou para cima, para sua espira cônica alaranjada. A partir daquele ponto, era uma subida traiçoeira até o círculo de janelas arqueadas que circundava a torre. Ele sabia, porém, que havia um terraço estreito em frente a uma daquelas janelas e uma fina orla de pedra em volta da torre, onde ele poderia se pôr de pé e espiar o interior.

Em pouco tempo chegou até o parapeito e se segurou com firmeza nos ornamentos de pedra que enfeitavam o exterior da janela. Foi quando ele notou a porta aberta do balcão. Uma cortina de seda vermelha balançava ao vento. E ali, atrás dela, percebeu um sinal de movimento humano. Roland prendeu a respiração.

Mechas de cabelo loiro, solto e comprido, cascateavam ao longo das costas de um glorioso vestido verde. Seria ela? Devia ser.

Ele sentiu vontade de estender a mão e puxá-la da janela, para deixar o mundo do jeito que era antes. Os dedos dele ficaram dormentes por causa do aperto para se segurar no parapeito e, no instante em que a deusa de cabelos loiros se virou, Roland congelou tão rapidamente, tão completamente, que achou que fosse cair no chão como uma estalactite.

Ele afastou o corpo de volta para o parapeito, encostando o peito de encontro à muralha, mas não conseguiu tirar os olhos da garota.

Não era ela.

Era Celia, a filha mais nova do lorde. Agora ela devia estar com 16 anos, a idade de Rosaline quando Roland lhe partiu o coração. Parecia-se com a irmã: pele clara, olhos azuis, lábios da cor da pétala de uma rosa e todo aquele cabelo estonteante cor de linhaça dourada. Porém o fogo dentro dela, aquela conflagração impetuosa que Roland amava em Rosaline, era uma brasa quase apagada.

Mesmo assim, Roland ficou grudado onde estava, incapaz de fazer o menor dos movimentos. Caso Celia olhasse pela janela para o balcão, como parecia prestes a fazer, Roland seria pego.

— Irmã?

Aquela voz... como um instrumento de cordas, porém mais densa. Rosaline!

Por uma fração de segundo, Roland viu uma sombra à porta, e então o perfil imaculado e gracioso da única garota que ele já amara. Seu coração parou. Ele não conseguia respirar. Desejou gritar o nome dela, estender a mão para tocá-la...

Contudo, as palmas suadas o traíram e a força lhe faltou. Durante segundos eternos, Roland teve a sensação de estar pairando no ar, e então mergulhou seis longos andares até o chão lamacento.

※

Uma lembrança: as portas abertas de um celeiro caindo aos pedaços.

Roland reconheceu a construção instável que ficava no extremo nordeste dos domínios do castelo. O sol entrava pela porta mais ou menos às seis da tarde nas noites de verão, portanto Roland adivinhou, pela luz dourada no feno, que eram quase sete. Quase hora do jantar, ou seja, era o intervalo brevíssimo no qual Roland poderia persuadir Rosaline a roubar alguns momentos para ficar com ele.

Pelas largas portas de madeira ele avistou duas silhuetas aninhadas em um canto escuro dos fundos. Ali, entre a ração das galinhas e uma pilha enferrujada de foices, Roland viu seu eu anterior.

Mal reconheceu o garoto que tinha sido. Eles eram um único ser, ele e o menino, contudo havia algo naquele garoto que o fazia parecer jovem. Esperançoso. Puro. Uma túnica de lã abraçava seu corpo e os olhos eram tão brilhantes quanto os de uma potra recém-nascida. Era *ela* quem produzia aquilo nele, fazia desaparecer os milênios que ele passara trabalhando arduamente na Terra, sua existência inteira no Paraíso e a Queda que tanto lhe pesava.

Ele podia ter experiência na guerra, na revolta contra o divino, mas no quesito romance, o coração de Roland era como o de uma criança.

Ele se sentou em um banco de três pernas e observou com tanta pureza que a lembrança o deixava constrangido, a belíssima garota loira diante de si.

Rosaline estava recostada de lado no feno, alheia aos cardos presos em seu vestido de seda. Seu cabelo tinha um brilho que era ainda mais adorável do que ele se lembrava e sua pele era tão suave e iluminada quanto o leite recém-ordenhado. O olhar cabisbaixo só permitia que Roland visse a cortina suave de cílios flutuando sobre os olhos azuis. Naquela época, os lábios cheios dela tinham duas expressões: o biquinho que faziam agora e o breve sorriso com que ela às vezes presenteava Roland. Ambas eram desejáveis. Ambas produziam estranhos efeitos nele.

Ela mudou de posição sobre o feno, fingindo tédio, mas fingindo mal. Estava fascinada por cada um dos movimentos dele, agora ele conseguia enxergar.

— Tenho mais um gracejo, na verdade. Acaso minha senhora se interessaria em ouvi-lo? — disse o eu anterior de Roland.

Roland se lembrou do modo ansioso como seu eu do passado inclinava o queixo e ardeu de vergonha. Agora ele se recordava porque foi tão difícil convencê-la a encontrar-se com ele no celeiro.

A única coisa que ele fez foi atacá-la com poemas ruins.

O garoto no banquinho não esperou, obviamente não *conseguiu* esperar, pelo murmúrio de dama de Rosaline. E quando Roland começou a recitar seus versos nojentos, ninguém jamais teria adivinhado que aquele trovador fracassado certa vez tinha sido o Anjo da Música.

O pico nevado é nada sublime
Se comparado à bela Rosaline.
Indelicado o formoso gato
No colo de Rosaline, de fato.
Tal como um poema de linhas se faz,
Assim de Rosaline sou leva e traz.
Quem Rosaline leva a transportar
Não se incomoda com o duro laborar.
Sim, a noz transcende sua dureza,
E Rosaline é tal noz em sua pureza.
Aquele que busca os mistérios encontrar
Antes precisa Rosaline fitar.

Ao final, Roland ergueu os olhos e viu o rosto de Rosaline retorcido em uma carranca. Ele se lembrava agora, lutava para suportar aquilo pela segunda vez, e sentiu o mesmo peso no estômago, como uma bigorna caindo de um penhasco.

Ela disse:

— Por que me infectas com tais versos desajeitados?

Desta vez, na lembrança, Roland percebeu no tom de voz dela: mas claro! Ela estava *brincando* com ele.

Ele devia ter percebido isso quando ela segurou a mão dele e o puxou para o feno consigo. Seu coração batia com força demais para que ele conseguisse notar o tom dela, que agora, claramente, ele percebia significar *Cale a boca e me beije.*

E como ele a beijou!

Naquela primeira vez em que seus lábios se uniram, algo se acendeu dentro de Roland, como se sua alma tivesse sido eletrificada. O corpo se enrijecera devido ao esforço para não estragar absolutamente nada. Os lábios dele estavam unidos aos dela, porém fracamente. As mãos eram duas garras grudadas aos ombros dela. Rosaline se retorcia sob o aperto, porém ele não conseguia se mexer de jeito nenhum.

Por fim ela soltou um risinho doce e se libertou dos braços dele. Inclinou-se para trás no feno, com os lábios rosados cerrados e mais uma vez fora de alcance. Ela o olhou do modo como uma criança olha um brinquedo que deixou de ser o favorito.

— Isso não foi nada gracioso.

Roland se lançou de joelhos, as mãos plantadas no feno áspero.

— Devo tentar de novo? Certamente posso fazer melhor...

— Bem, assim espero. — A risada dela era recatada e elegante. Ela se inclinou para longe apenas por tempo o bastante para provocá-lo, depois tornou a se reclinar no feno e fechou os olhos. — Podes tentar de novo.

Roland respirou profundamente, sorvendo da doçura de cada pedaço dela. Mas, justamente quando estava prestes a lhe dar outro beijo desajeitado, Rosaline pressionou uma das mãos contra o peito dele.

Deve ter sentido o coração dele se acelerar, mas não disse nada.

— Desta vez — instruiu ela — não tão forçado. Mais... fluido. Pensa no fluir do poema. Bem, talvez não dos *teus* poemas. Talvez do teu poema preferido de outro autor. Atira-te no meu beijo.

— Assim? — Roland quase caiu em cima dela, rolando para o lado e caindo de cara no feno. Ele se virou na direção dela, corado.

Lado a lado eles se deitaram, de frente um para o outro. Ela segurou as mãos dele. Os quadris dos dois se tocavam por sob as roupas. As pontas dos pés de ambos se beijavam sem constrangimento. O rosto dela estava a centímetros do dele.

— Tu erraste minha boca. — Os lábios dela se entreabriram num sorriso sedutor. — Roland, amar significa não ter medo de se soltar, significa confiar que desejarei tudo aquilo que tu tiveres a me oferecer. Entendes?

— Sim, sim, eu entendo! — ofegou Roland, se aproximando para nova tentativa.

Os lábios, as mãos e o coração dele quase explodiam de expectativa. Hesitante, ele estendeu a mão para tocá-la...

— Roland?

O que é dessa vez?

— Abraça-me com força, senhor, não irás me quebrar.

Enquanto a beijava, Roland teve a impressão de que nem mesmo o chamado do próprio Lúcifer conseguiria obrigá-lo a soltar aquela donzela loira.

Ele seguiria o conselho dela milhares de vezes com outras damas no futuro, e às vezes sentiria algo, mas jamais por muito tempo, e jamais, jamais daquela maneira.

TRÊS

CONCÍLIO COM A ESCURIDÃO

Roland acordou sentindo-se nauseado e perdido.

A doce lembrança de amar Rosaline estava sumindo. Ele tocou a cabeça latejante e percebeu que estava deitado no chão.

Lentamente, rolou o corpo até ficar de pé. Algo doía de um jeito horrível, mas nada que não se curasse sozinho com o tempo.

Olhou novamente para cima, para o balcão. Nos velhos tempos ele jamais teria caído dali. Provavelmente não deveria ter usado uma armadura completa desta vez. Ele estava ficando enferrujado. Quantas vezes já havia escalado esta mesma parede na expectativa de se encontrar com ela? Quantas vezes os longos cabelos loiros de Rosaline o chamaram tal como os cachos de Rapunzel?

Normalmente, quando Roland alcançava o balcão, ela estava à espera, felicíssima por vê-lo. Gritava seu nome num sussurro apressado, depois saltava para seus braços. Ela era tão leve, tão delicada de encontro ao corpo dele, a pele perfumada com a água de rosas do banho, o corpo quase zunindo com o poder do amor secreto dos dois...

Roland balançou a cabeça. Não, a corte entre eles não havia sido somente alegria pura e simples. Uma lembrança sombria tingia as recordações restantes.

Era a última lembrança que ele tinha dela.

Ocorreu no terceiro trimestre daquele relacionamento secreto, quando o mundo ao redor deles se aproximava do outono e o verdejar do verão queimava em uma agitação de laranjas e vermelhos incandescentes.

Juntos, eles planejaram fugir, escapar das garras do pai dela e dos preconceitos de uma sociedade que não permitiria que a filha de um nobre desposasse um mouro. Roland havia se afastado de sua amada por uma semana, sob o pretexto de organizar os planos para a nova vida dos dois.

Aquilo, porém, era uma mentira. Ele havia ido buscar conselhos sobre os verdadeiros problemas que os aguardavam:

Continuaria ela a amá-lo caso soubesse?

E...

Será que ele conseguiria manter sua identidade em segredo e ainda assim dar a ela uma vida feliz?

De fato, só havia uma pessoa a quem recorrer.

※

Ele encontrou Cam na extremidade sul das ilhas que um dia seriam chamadas Nova Zelândia. Naquela época, as duas ilhas eram completamente intocadas pelo homem. Os maoris só chegariam dali a meio século, portanto Cam tinha o lugar apenas para si.

Durante o voo de Roland, os penhascos o ameaçaram, afiados como adagas, diferentes de quaisquer escarpas que ele já havia visto. Os ventos empurravam ameaçadoramente suas asas, lançando-o de um lado para outro em meio às nuvens. Ele estava encharcado e tremia quando chegou ao vasto e imaculado estreito onde Cam vinha se escondendo do universo.

A água espelhava as montanhas, que eram verdejantes com florestas de bétulas. Ao mergulhar a ponta de uma asa na água enquanto passava sobre sua superfície, Roland viu que estava gelada. Ele estremeceu e continuou seu caminho.

Na extremidade do estreito, ele aterrissou em uma grande pedra arredondada que ficava de frente para uma cachoeira incomensuravelmente alta, cujo cume estava escondido em meio à névoa. Abaixo, na base, se encontrava o anjo caído irmão de Roland, deixando suas asas serem massacradas pela água que despencava.

O que Cam estava fazendo? E há quanto tempo ele estava ali deitado, naquela câmara de tortura aquática por ele mesmo forjada?

— Cam!

Roland gritou o nome dele três vezes antes de desistir e atravessar as águas para tirar seu irmão dali. Sentindo o toque de alguém, Cam se debateu e segurou-se às rochas onde esteve deitado. Porém então reconheceu Roland e se deixou arrastar, com uma expressão de desconfiança explícita no rosto.

Roland içou os dois para uma plataforma de pedra atrás da cachoeira. Foi difícil, e no fim ele estava sem fôlego, encharcado e congelado até os ossos. A plataforma era rasa, mas havia espaço o bastante para que os dois pudessem se pôr de pé na pedra úmida. Era estranhamente silencioso ali logo atrás do zunido das águas.

Exausto, Roland cambaleou para trás até que suas asas tocaram a rocha, em seguida ele deslizou para baixo e se sentou.

— Vá para casa, Roland.

Os olhos verdes de Cam pareciam pasmos e desorientados enquanto ele se apoiava sobre um cotovelo. Seu corpo nu não passava de um único hematoma roxo, horrendo por causa das pancadas incessantes das águas da cachoeira. Entretanto, o pior de tudo é que suas asas...

Estavam atravessadas com novas fibras douradas. Roland não pôde deixar de admirar como elas cintilavam sob o luar.

— Então é verdade. — Roland ouvira boatos de que Cam havia passado para o lado de Lúcifer.

Nenhum dos demônios pareceu capaz de executar o ritual reservado para saudar os novos integrantes do grupo. Eles deveriam se abraçar e entrelaçar as pontas das asas um do outro como expressão de aceitação mútua, do reconhecimento de que estavam seguros e entre amigos.

Cam se levantou, andou até Roland e cuspiu em seu rosto.

— Você não tem a força necessária para me fazer voltar ao serviço. Que o próprio Lúcifer venha até aqui se acha que tenho sido negligente.

Roland limpou o rosto e se pôs de pé. Estendeu um braço para tocar Cam, mas o demônio se retraiu.

— Cam, eu não vim até aqui para...

— *Eu* vim até aqui para ficar sozinho. — Cam foi até um canto escuro da plataforma, onde Roland agora podia ver uma pequena pilha de vestimentas e sacolas: os poucos bens de Cam. Roland pensou ter reconhecido o rolo de pergaminho que seria o contrato de casamento dele, mas Cam rapidamente atirou um manto de pele de carneiro puído ao redor do corpo e enfiou o pergaminho em um bolso ali dentro. — Ah, você ainda está aqui?

— Preciso de conselhos, Cam.

— Sobre o quê? Sobre como viver a boa vida? — A centelha de Cam tinha voltado, mas parecia espalhafatosa naquele espectro pálido e sombrio diante de Roland. — Para começar, encontre uma ilha deserta para você. Esta aqui já tem dono, mas deve haver mais dessas em algum lugar por aí. — Ele agitou a mão para o mundo, para Roland.

— Amo uma mulher mortal — disse Roland bem devagar. — Desejo moldar minha vida em torno dela.

— Você não *tem* uma vida. Você é um anjo caído do outro lado. Você é um *demônio*.

— Você sabe o que eu quero dizer.

— Veja o meu exemplo. O amor é impossível. Saia dessa e se poupe dessa dor.

Naquele momento, Roland percebeu que fora tolo por procurar Cam em busca de conselho. Entretanto, ele *precisara* ir. A história de amor de Cam não havia dado certo, mas mesmo assim ele era capaz de entender aquilo pelo qual Roland estava passando.

— Talvez você possa me dizer... o que *não* fazer?

— Certo — disse Cam, numa respiração profunda e trêmula. — Tudo bem. *Não* se rebaixe vivendo uma mentira. *Não* me pergunte se ela irá amá-lo caso descubra o que você é... até o mais apaixonado dos tolos sabe a resposta. Ela não vai te amar. Ela não pode. *Não* sonhe também que você poderia esconder um segredo desses dela. E, acima de tudo, pelo amor de Lúcifer, *não* se esqueça de que nenhum templo na Terra irá receber você caso decida se casar com essa pobre criatura.

— Eu acredito que posso fazer esse amor dar certo, Cam.

— Você acredita que você e sua amada estão de acordo, então?

— Sim. Somos devotados um ao outro.

— E qual é a visão que ela tem da eternidade?

Roland fez uma pausa.

— Não me diga que você não sabe. Tudo bem então, eu vou lhe contar. Aqui, Roland, está a verdade inquestionável sobre nossa imortalidade: os mortais não podem chegar nem perto de entendê-la. Isso os amedronta. O conhecimento de que ela vai envelhecer e morrer enquanto você vai continuar sendo o diabo jovem e sadio que é, irá consumi-la.

— Eu poderia mudar por ela... poderia me fazer envelhecer, aparentar ter rugas e definhar e...

— Roland. — O rosto de Cam se fechou, aborrecido. — Isso não é do seu feitio. Seja lá quem for a moça, a coisa vai ser mais fácil para ela agora, enquanto certamente ainda é jovem e bela e poderá encontrar outro parceiro com facilidade. Não desperdice os melhores anos dela.

— Mas deve haver um jeito de tornar o amor possível! Só porque você e Lilith não puderam...

— *Não estamos falando de mim.*

Os dois ficaram em silêncio, escutando o eco da água que caía ao redor deles.

— Ótimo — disse Roland finalmente. — E o que me diz de Daniel e Lu...

— O que tem eles? — rugiu Cam para a cachoeira. Seu rosto ficou vermelho, subitamente enfurecido. — Se eles são um exemplo para você, então vá pedir conselho a eles. — Ele balançou a cabeça, aborrecido. — Todos nós sabemos o que acontecerá com os dois, seja como for.

— O que quer dizer?

Agora Cam lançava um olhar verde e límpido para Roland. E Roland corou por ver que Cam sentia pena dele.

— No fim — respondeu Cam — ele irá abandoná-la. Ele não tem outra escolha. Ele não é páreo para essa maldição. Ela irá derrotá-lo e aniquilá-lo.

As asas de Roland se eriçaram.

— Você está errado. Você ficou próximo demais de Lúcifer para...

— Isso não poderia estar mais distante da verdade.

Cam fez pouco caso, mas quando se virou, Roland percebeu a marca na nuca do irmão. A tatuagem ia até pouco abaixo do colarinho alto do manto. Inconfundível.

— Você usa esta marca agora? — A voz de Roland estava trêmula. Ele não tinha uma. Jamais esperaria que lhe fosse oferecida. Lúcifer marcava apenas determinados demônios, demônios com quem desejava manter um relacionamento especial. — Cam, você não pode...

Cam segurou o rosto de Roland com uma das mãos, firmemente. Os dois ficaram próximos um do outro, presos em um aperto íntimo. Roland não sabia se eles eram amigos ou inimigos.

— Quem veio pedir conselhos a quem, Roland? Não estamos falando de mim e de como conduzo a minha vida. Estamos falando de você e da história de amor lamentável que você vai ter de terminar.

— Deve haver um jeito de...

— Encare as coisas: você não teria vindo me procurar se já não soubesse a resposta.

※※

De todas as coisas que Cam lhe dissera naquela ocasião na cachoeira, suas palavras de despedida tinham sido as mais cruéis: sim, Roland já sabia a resposta que tinha ido buscar. Apenas tivera esperança de que alguém o convencesse do contrário e o poupasse de precisar fazer o que deveria ser feito.

Quando ele voltou para contar a Rosaline, ela parecia já saber. Ele escalou a muralha até o balcão, mas ela não correu para beijá-lo. O rosto dela se enrijeceu com desconfiança assim que ele adentrou os aposentos.

— Sinto uma mudança em você. — A voz dela estava fria de pavor. — O que foi?

O corpo de Roland doeu quando ele a viu tão triste. Não queria mentir para ela, mas era incapaz de encontrar as palavras.

— Oh, Rosaline, há tanta coisa que eu gostaria de lhe contar...

Então, como se Rosaline tivesse se lembrado dos poemas loquazes dele, ela exigiu:

— Responda em apenas uma palavra. O que nosso futuro nos reserva?

Aquilo havia acontecido há mais de mil anos. Mesmo assim, Roland se encolhia de dor agora, lembrando do que havia dito a ela. Ah, como desejava poder esmagar essa lembrança e aquele momento juntos! Mas aquilo havia acontecido. E não era possível mudar o passado.

Ele disse uma única palavra a Rosaline:

— Adeus.

Ele tinha desejado dizer: "Eternidade."

Mas Cam havia falado a verdade: a eternidade não era possível entre uma mortal e um anjo caído.

Ele partiu antes que ela pudesse implorar que ficasse. Achou que estava sendo valente, mas a vida lhe ensinou que não estava. Ele estava arrasado e com medo.

Depois disso, Roland só a viu mais uma única vez: duas semanas mais tarde, ele pairou fora do ângulo de visão dela em frente à janela do quarto no castelo e observou sua amada soluçar por uma hora seguida.

Depois disso, jurou jamais causar dor a ninguém por causa do amor. Ele desapareceu.

Aquilo fazia parte de quem ele era agora, do seu jeito de ser.

Roland enxugou algo do rosto e ficou espantado ao descobrir ser uma lágrima. Embora já tivesse enxugado um milhão de gotículas salgadas dos rostos de outras pessoas, não conseguia recordar de um momento em que ele mesmo chorara.

Pensou em Lucinda e Daniel, na eterna devoção de um para com o outro. Eles não fugiam dos próprios erros e, ao longo dos séculos, os dois cometeram vários. Eles voltavam aos erros, os revisitavam, os trabalhavam, até que algo finalmente se encaixou nesta última vida, quando ela estava reencarnada como Lucinda Price. Foi isso que a fez fugir para dentro do próprio passado: encontrar a solução para a maldição. Para que assim ela e Daniel pudessem ficar juntos.

Eles sempre ficariam juntos. Sempre teriam um ao outro, não importava o que acontecesse.

Roland não tinha ninguém.

Silenciosamente, ele se levantou e fez um juramento particular de São Valentim. Ele escalaria a muralha até Rosaline mais uma vez, e se redimiria do único modo que sabia.

QUATRO

O PUPILO DO AMOR

Voltar a subir a muralha externa, se esgueirar pela segunda vez ao longo do parapeito de pedra e então a última subida escarpada até a torreta, seu balcão e Rosaline mais uma vez.

Quando Roland voltou a alcançar o local desejado, o sol estava baixo e lançava extensas sombras por cima de seu ombro. Os Anunciadores mudavam de forma e se retorciam com as luzes, uma forma de sussurrar *Estamos aqui*, mas deixaram Roland em paz. A temperatura havia caído e agora o ar carregava notas de fumaça e de uma futura nevasca.

Ele considerou entrar na torreta pelo balcão, se esgueirando através dos corredores enegrecidos pelo crepúsculo até encontrar Rosaline no quarto. E então imaginou a expressão dela:

Imagens de Rosaline tropeçando para trás, espantada, a alegria plena em seu rosto, as mãos apertadas contra os lindos seios...

Mas e se ela estivesse com raiva?

Ainda com raiva, cinco anos depois. Era possível.

Ele não deveria descartar tal possibilidade.

Eles haviam compartilhado algo raro e belo, e ele aprendera que as mulheres se entregavam de fato quando o assunto era amor. Elas amavam de maneira que Roland jamais pôde entender, como se seus corações tivessem compartimentos a mais, vastos infinitos onde o amor poderia permanecer sem jamais partir.

O que ele estava fazendo ali? O vento teceu seu caminho por baixo da armadura de aço. Ele não deveria estar ali. Aquela parte de sua vida estava terminada. Cam talvez tivesse errado a respeito do amor, mas não errara a respeito de como o tempo havia mudado Roland.

Ele deveria descer novamente, montar seu cavalo e encontrar Daniel.

Só que... não podia.

O que ele *poderia* fazer?

Ele poderia rastejar.

Poderia cair de joelhos e abaixar a cabeça diante dela, implorar por perdão. Poderia e assim o faria...

Até aquele momento, ele sequer havia percebido que desejava o perdão dela.

Agora estava perto do balcão, tremendo. Era nervosismo ou empolgação? Havia feito todo o esforço de ir até ali e contudo não sabia o que dizer. Alguns versos de um poema se formaram pela força do hábito que havia em seu coração...

Que nenhum rosto resida em mim
Que não o de Rosaline, enfim.

Não... foi nesse aspecto que ele teve problemas com ela antes. Ela não precisava de poesia ruim, precisava de um amor mais físico e recíproco.

Poderia Roland lhe oferecer isto agora?

A cortina vermelha farfalhou ao vento, depois foi aberta pelo toque ousado dos dedos dele. Ele se escondeu atrás da parede de pedra, mas virou o pescoço até o olhar invadir o quarto onde costumava se sentar com ela.

Rosaline.

Ela estava gloriosa, sentada em uma cadeira de madeira em um canto, cantando baixinho. Seu rosto havia envelhecido, mas os anos foram bondosos: ela transitara da garota de Roland a uma bela e jovem mulher.

E estava radiante.

Estava espetacular.

Sim, Roland sabia que havia cometido um erro. Fora imaturo e tolo no amor, cínico e inseguro se o que havia entre eles poderia durar. Fora apressado demais ao dar ouvidos às afirmações amargas de Cam.

Mas bastava olhar para Luce e Daniel. Eles haviam mostrado a Roland que o amor poderia sobreviver até mesmo à mais cruel das punições. E talvez tudo até aquele momento, voltar por acaso a esta época, concordar em ajudar Shelby e Miles, passar a cavalo perto do antigo castelo de Rosaline, tivesse acontecido por um motivo.

Porque estava sendo oferecida a ele uma segunda chance no amor.

Desta vez, ele seguiria seu coração. Estava prestes a irromper pela janela aberta quando...

Espere...

Rosaline não estava cantando sozinha. Roland piscou, olhando novamente. Havia plateia: uma criancinha, enrolada em um cobertor de penas. A criança estava mamando. Rosaline era *mãe*.

Rosaline era esposa de outro homem.

O corpo de Roland se enrijeceu e um pequeno sobressalto escapou de seus lábios. Ele deveria ter se sentido aliviado ao vê-la tão bem, feliz como ele nunca a vira, mas a única coisa que sentiu foi uma solidão intensa.

Ele rolou o corpo pesadamente para longe da porta do balcão, batendo as costas com força contra a parede curva da torre. Que tipo de homem havia tomado o lugar que Roland jamais deveria ter deixado vago?

Ele se arriscou a olhar para dentro, observou Rosaline se levantar da cadeira e colocar o bebê no berço de madeira. Roland fechou os olhos e ouviu os passos dela sumirem como uma canção enquanto ela andava pelo corredor e saía do quarto.

Não podia ser assim que as coisas terminavam, que para ele aquela fosse a última visão do amor.

Tolo. Tolo por voltar. Tolo por não ter deixado as coisas como estavam, por não ter ido embora.

Instintivamente, ele a seguiu, engatinhando ao longo do estreito parapeito da torreta até chegar à janela seguinte. Ele agarrou a parede com seus dedos esfolados.

Aquele cômodo, ao lado do quarto onde ele vira Rosaline, costumava pertencer ao irmão dela, Geoffrey. Mas quando Roland se inclinou para espiar através da vidraça curva, havia roupas de mulher penduradas perto da janela.

Ele ouviu a voz grave de um homem e então, em resposta, a voz de Rosaline.

Um jovem rapaz estava sentado de costas para Roland, na beira de uma cama coberta por tecido adamascado. Quando o outro virou a cabeça, Roland viu que o perfil dele era belo, mas não demais. Cabelos castanhos macios, pele com sardas e um nariz com uma bela curva.

Uma mulher estava deitada ao lado dele na cama, a cabeça loira aninhada no colo dele de modo casual, como duas pessoas completamente à vontade. Ela chorava.

Era Rosaline.

— Mas por quê, Alexander?

Quando ela ergueu o rosto banhado por lágrimas para fitá-lo, o coração de Roland ficou preso na garganta.

Alexander, o marido, afagou o emaranhado cabelo loiro da mulher.

— Meu amor.

Beijou seu nariz, o último lugar que Roland teria escolhido caso tivesse acesso aos lábios dela.

— Meu cavalo está selado — disse ele. — Os homens esperam por mim nas casernas. Tu sabes que devo partir antes do cair da noite para me juntar a eles.

Rosaline agarrou a manga branca da camisa dele e soluçou.

— Meu pai tem milhares de cavaleiros que poderiam tomar teu lugar. Eu imploro, não me deixe... não *nos* deixe... para ir à guerra.

— Teu pai já foi generoso demais. Por que deveria outro homem tomar meu lugar quando sou jovem e capaz? É meu dever, Rosaline. Eu devo ir. Quando nossa cruzada acabar, retornarei a ti.

Ela balançou a cabeça, as bochechas rosadas de fúria.

— Não posso suportar perder-te. Não posso viver sem ti.

O coração de Roland falhou ante aquelas palavras.

— Isto não será necessário — retrucou Alexander. — Eu te dou minha palavra: retornarei.

Ele se levantou da cama, ajudando a esposa a se pôr de pé. Roland notou com ciúme renovado que ela estava grávida de outro filho. Sua barriga se destacava sob o vestido trançado. Rosaline apoiou as mãos sobre o abdome, desanimada.

Roland jamais teria sido capaz de abandoná-la naquele estado. Como aquele homem era capaz de ir para a guerra? Que guerra importava mais do que as obrigações do amor?

Qualquer tristeza que ela pudesse ter sentido por Roland cinco anos antes não era nada em comparação a isto, pois este homem não apenas era seu amante e marido, como também pai de seus filhos.

O coração de Roland afundou. Não podia suportar aquilo. Pensou em todos os anos entre esse sofrimento medieval e o presente do qual ele havia voltado: os séculos que passara na lua, vagando ao léu por seus precipícios e crateras, abandonando seus deveres, tentando esquecer que havia visto Rosaline. Pensou no vácuo de tempo que havia passado dentro do portal que conectava julho a setembro, abandonando tudo do mesmo jeito que havia feito com Rosaline.

Mas agora Roland sabia que, não importava o quanto durasse o infinito dele, ele jamais se esqueceria das lágrimas dela.

Que tolo narcisista ele havia sido. Ela não precisava de suas desculpas; se desculpar com ela agora seria um ato puramente egoísta, no qual Roland apenas estaria buscando o alívio para sua consciência culpada. E reabriria novamente as feridas de Rosaline. Não havia mais nada que ele pudesse fazer ou ser para Rosaline.

Ou quase nada.

※

O rapaz parecia magricela e desajeitado ao se aproximar do estábulo onde Roland o aguardava. Levava seu elmo na mão, deixando o rosto exposto. Roland o analisou. Odiava e respeitava aquele homem, que claramente se sentia, ao mesmo tempo, obrigado e relutante em combater. Poderiam a honra e o dever significar mais para ele do que o amor? Ou talvez aquela confusão sobre honra e dever *fosse* o amor; os paradoxos formavam uma pilha mais alta do que a distância longínqua das estrelas.

Quem desejaria ir para a guerra e deixar para trás a família querida?

— Soldado — chamou Roland quando Alexander estava perto o bastante para que ele identificasse o tormento em seus olhos. — Acaso não és Alexander, parente do meu lorde John, que detém o título deste feudo?

— E tu, quem és? — Alexander deu um passo para o interior do estábulo. Seus olhos castanho-claros se estreitaram ao observar a armadura formal de Roland. — De que batalha vieste, vestido assim?

— Fui enviado até aqui para tomar teu lugar na campanha.

Alexander estacou.

— Foi minha mulher quem o enviou? O pai dela? — Ele balançou a cabeça. — Afasta-te, soldado. Deixa-me ir.

— Não, não o farei. Teu dever mudou. Conheces o terreno destas redondezas melhor do que a maioria. Tempos perigosos podem estar à nossa espera se a batalha não nos for favorável no norte. Se recuarmos, tu serás necessário aqui para guardar a cidade dos invasores.

Alexander inclinou a cabeça.

— Mostra teu rosto, soldado, pois não confio em um homem que se esconde atrás de uma máscara.

— Meu rosto não é da tua conta.

— Quem és tu?

— Um homem que sabe que teu dever é aqui, com a tua família. Todos os espólios de guerra nada são em comparação ao verdadeiro amor e à honra da família. Agora, recua se desejas viver.

Alexander soltou uma risada suave, mas então sua expressão se endureceu. Ele sacou a espada.

— Então que nos enfrentemos.

Roland deveria ter esperado por isto. E, entretanto, aquilo o irritou. Como aquele homem poderia estar tão disposto a abandoná-la? Roland jamais a abandonaria!

Entretanto, logicamente, ele já a havia abandonado. Abandonado seu único verdadeiro amor como um tolo idiota e insensível. E desde então ficara sozinho. Ficar sozinho é uma coisa, mas isso se distorce e se transforma em solidão horrenda e destruidora depois que a alma prova do amor.

Não deveria ser permitido que nenhum homem cometesse o mesmo erro. Mesmo com todo o ciúme que sentia, Roland conseguia entender aquilo. Cabia a ele impedir Alexander.

Ele engoliu em seco, suspirou por dentro e sacou a espada, que tinha 1 metro de comprimento e era afiada como a dor que apunhalava seu coração por ter de enfrentar aquele homem.

— Soldado — advertiu Roland sem rodeios. — Eu não sou homem de gracejos.

O outro avançou, brandindo a espada de modo estranho. Roland aparou o golpe com um meneio fácil do punho. As lâminas se bateram lentamente.

A de Alexander deslizou para baixo graças a uma mínima orientação da lâmina de Roland, até refletir o feno úmido no chão do estábulo.

— Por que cavalgarias de tão bom grado para a tua própria morte? — perguntou Roland.

Alexander grunhiu e voltou a assumir uma posição de combate, erguendo sua espada na altura do peito.

— Não sou um covarde — respondeu.

Talvez não, mas era excepcionalmente ruim no combate. Provavelmente havia aprendido um pouco de esgrima quando criança e ensaiara combate de justas com montes de feno em festivais de verão com seus amigos de infância. Não era um soldado. Estaria morto na frente de batalha em menos de uma hora.

Ou então Roland poderia matá-lo agora...

Naquele instante, ele teve uma visão de sua espada descendo com um golpe hábil sobre o pescoço nu daquele homem. Do choque da espinha quebrada e do sangue vermelho espesso pingando do aço para a terra.

Como seria fácil dar fim à curta vida deste homem. Tomar seu lugar naquela torre e amá-la do modo como ela precisava ser amada. Roland agora sabia como fazer isso.

Mas num piscar de olhos ele viu Rosaline. O bebê.

"Não assassine", lembrou ele a si mesmo. "Apenas convença."

Ele deu um leve salto para a frente, brandindo a espada na direção de Alexander, que recuou desajeitado para trás, girando para longe de modo desenfreado. Dessa vez ele havia escapado da espada de Roland por pura sorte.

Roland riu, e sua risada tinha gosto amargo.

— Estou oferecendo-te uma dádiva, soldado; e prometo-te, cumpro ordens de um comando mais alto do que teu suserano. Sabes que não irei desonrar tuas intenções. Deixa-me ir para a guerra em teu lugar.

— Falas através de charadas. — O temor de Alexander havia retesado a pele ao redor de sua boca como o couro de um tambor. — Não podes me substituir.

— Sim, posso — disse Roland, fervendo de raiva. — Se há algo que eu sei, é *isso*.

Em um rompante de violência, Roland esqueceu-se de suas intenções e atacou Alexander com a fúria de um amante desdenhado. Diante da espada de Roland, Alexander ficou rígido, com a lâmina estendida. Ele não recuou, pelo menos. Porém, com outro clangor de espadas, Roland desarmou Alexander e segurou a ponta de sua lâmina na garganta arfante dele.

— Um verdadeiro cavaleiro desistiria. Aceitaria minha oferta e serviria seu povo aqui, protegendo seu lar e seus vizinhos quando eles necessitassem de proteção. — Roland engoliu em seco. — Desistes, senhor?

Alexander ofegou em busca de ar, incapaz de falar. Não parava de olhar para a lâmina em seu pescoço. Estava aterrorizado. Assentiu. Ele desistiria.

Uma calma tomou conta de Roland, e ele deixou-se fechar os olhos.

Ele e este fraco mortal Alexander amavam a mesma coisa brilhante. Não poderiam ser inimigos. Foi nesse momento que Roland escolheu o lado de Alexander. Não pouparia a vida de Alexander pelo bem dele, mas pelo bem de Rosaline.

— Tu és um homem mais corajoso do que eu. — E era verdade, pois Alexander tinha sido forte o bastante para amar Rosaline, ao passo que Roland tivera medo demais. — Abraça a sorte que te concedo esta noite e volta à tua família. — Ele precisou se esforçar para manter a voz firme. — Beija tua mulher e cria teus filhos. *Isso* é que é honra.

Eles se entreolharam por um longo e tenso momento, até que Roland começou a achar que Alexander era capaz de enxergar por trás da abertura de seu visor. Como Alexander não sentiria a dor que pairava no ar entre eles? Como não perceberia o quanto Roland estivera perto de matá-lo e de tomar-lhe o lugar?

Roland retirou a espada do pescoço de Alexander. Embainhou a arma, montou seu cavalo e afastou-se do estábulo, embrenhando-se na noite.

A estrada estava vazia e melancólica ao luar.

Roland rumava para o norte. Ainda precisava encontrar Daniel; pelo menos um amor deveria ser redimido nesta luta contra o tempo. Durante quinze minutos, Roland se perdeu em pensamentos a respeito de Rosaline, mas a lembrança era dolorosa demais para que ele se permitisse continuar. Seus olhos retomaram o foco na estrada ao avistarem um cavaleiro galopando na direção dele num cavalo negro como carvão.

Mesmo na escuridão, havia algo de estranho e ao mesmo tempo familiar na armadura daquele cavaleiro. Por um instante, Roland se perguntou se seria seu eu anterior, mas quando o homem ergueu uma das mãos para que Roland desacelerasse o ritmo, seus gestos se mostraram mais urgentes do que os do Roland de outrora.

Eles pararam um na frente do outro, os cavalos relinchando ao se rodearem, as respirações soltando fumaça no ar frio.

— Tu vens daquela propriedade? — A voz do cavaleiro ribombou pela estrada ao apontar na direção do castelo à distância.

O homem deve ter pensado que Roland era Alexander. Teria sido aquele cavaleiro enviado para escoltá-lo até o front?

— S-sim — balbuciou Roland. — Vim para substituir...

— *Roland?* — A voz do soldado deixou de ser um ribombar rouco e afetado e se transformou em algo efervescente e fantasticamente encantador.

O cavaleiro sacou o elmo da cabeça. Cabelos negros cascatearam pela sua armadura, e então, ao luar, Roland viu o rosto que ele conhecia melhor do que qualquer um desde a aurora dos tempos.

— Ariane!

Eles saltaram de seus cavalos para os braços um do outro. Roland não sabia há quanto tempo seu eu medieval não se encontrava com esta Ariane medieval, mas a batalha emocional que ele acabara de travar fez parecer que ele não via um amigo há séculos.

Ele girou o anjo esbelto. As asas dela desabrocharam pelas aberturas da armadura, e Roland invejou aquela liberdade. Obviamente as roupas teriam sido feitas para comportar asas; as roupas de todos eles eram assim naquela época.

Roland se sentiu aprisionado naquele traje metálico emprestado, mas não quis reclamar para Ariane. Ela ainda não sabia que ele era um Anacronismo, e ele queria que as coisas continuassem assim. Estava tão feliz por vê-la.

O luar brilhava como um facho de luz na pele branca da amiga. Quando ela virou a cabeça, Roland sufocou um grito.

Uma queimadura horrenda cintilou no lado esquerdo do pescoço dela. A pele estava marmorizada, intumescida, sangrando, era uma ferida das mais horrendas. Roland se retraiu sem querer, fazendo Ariane ficar constrangida.

Ela levantou a mão para cobrir o ferimento, mas gemeu quando seus dedos o roçaram.

Roland havia visto aquela cicatriz mil vezes em encontros futuros com Ariane, mas sua origem permanecia um mistério para ele. Apenas uma coisa poderia ferir um anjo daquela maneira, mas ele nunca soubera como perguntá-la a respeito.

Agora a ferida estava aberta, como uma erupção de chamas no pescoço. O machucado devia ser recente.

— Ariane, o que aconteceu com você?

Ela desviou o olhar, sem querer dar a Roland uma visão ainda mais nítida da pele devastada. Ela fungou.

— O amor é o inferno.

— Mas... — Roland fechou os olhos, ouvindo aquela frase se repetir dentro da própria cabeça. — A forma de um anjo não pode ser desfigurada, a não ser por... — Ariane afastou os olhos, envergonhada, e Roland a puxou para si. — Oh, Ariane! — gritou ele, envolvendo a cintura dela, os olhos atraídos e ao mesmo tempo repelidos pelo pescoço ferido. Ele não podia abraçá-la como desejava, não podia afastar a dor dela. — Eu sofro por você.

Ela concordou com um aceno. Ela sabia. Jamais gostara de chorar. Disse:

— Acabei de ver Daniel.

— Eu estava indo encontrá-lo — disse Roland, sem fôlego por causa daquele golpe de sorte. — A presença dele está sendo solicitada na Feira de São Valentim.

— Ele está indo esta noite para a cidade. Talvez já tenha chegado lá. Lucinda ficará feliz, pelo menos.

— Sim — disse Roland, se lembrando com mais clareza agora. — *Você* era o cavaleiro que veio entregar aquela mensagem aos outros no acampamento. Não eu. Você forjou o decreto do rei que dizia para os demais tirarem folga no Dia de São Valentim.

Ariane cruzou os braços sobre o peito.

— Como você sabia disso?

— Vidência. — Ele se surpreendeu por se flagrar sorrindo.

Era o suficiente tê-la ali, sua amiga mais querida. Fazia com que sua jornada para o próprio sofrimento passado se tornasse um pouco menos desoladora.

Roland apanhou o elmo de Ariane, ajudou-a a montar novamente seu cavalo. Ele também montou e voltou a abaixar o visor do elmo. Lado a lado, os dois cavaleiros foram em direção à cidade.

Às vezes o amor não tinha a ver com vitórias, mas sim com sábios sacrifícios e apoio de amigos como Ariane. A amizade, percebeu Roland, era em si um tipo especial de amor.

AMOR ARDENTE

O DIA DOS NAMORADOS DE ARIANE

UM

O SEGREDO

Ariane olhou para a manhã toscana perfumada de tomilho e suspirou.

Ela estava esparramada na grama verde aveludada, o corpo apoiado sobre os cotovelos, e com o queixo nas palmas das mãos, desfrutando do calor fora de época e da sensação dos dedos macios correndo pelos longos cabelos negros.

Era assim que Ariane e Tess passavam suas raras tardes juntas: uma das garotas trançava, a outra tecia histórias. Depois elas trocavam de função.

— Certa vez havia um anjo extraordinário — começou Ariane, virando a cabeça para o lado para que Tess pudesse apanhar o cabelo de seu pescoço.

Tess trançava melhor do que Ariane. Ela se sentava ao lado da amiga com uma cesta de flores silvestres no colo, inclinava-se sobre as costas estreitas e tecia tranças bem apertadas no cabelo espesso do anjo. Depois prendia as tranças em ziguezague por sobre a cabeça até que a amiga parecesse uma Medusa, fazendo o penteado preferido de Ariane.

Já Ariane tinha sorte se conseguisse transformar os revoltos cabelos ruivos de Tess em uma única trança torta. Ela puxava, repuxava e lutava contra o pente de encontro aos cachos de Tess até a amiga soltar gritinhos de dor. Ariane, porém, era melhor contadora de histórias. E o que seria do ato de trançar sem uma boa história?

Nem um pouco divertido.

Ariane fechou os olhos e gemeu quando as unhas de Tess roçaram pelo seu couro cabeludo. Nada era tão bom quanto a carícia de um amante.

— Ariane?

— Sim. — Ela abriu as pálpebras e seu olhar vagou até o pasto, onde vacas leiteiras pastavam nos oitenta hectares da fazenda. Aqueles eram seus momentos favoritos: tranquilos e descomplicados, só elas duas. Já era mais para o fim da tarde; a maioria das ordenhadoras que trabalhavam na fazenda onde Ariane arrumara emprego já havia voltado aos chalés.

Ela tinha escolhido aquele emprego porque não ficava distante de Lucinda, que, naquela vida, fora criada em um feudo inglês a alguns minutos de voo ao norte. Em geral, Daniel se sentia pressionado pela presença de Ariane e dos outros anjos, cuja tarefa era vigiá-lo. Daquela fazenda produtora de leite, contudo, Ariane podia dar espaço a ele e ao mesmo tempo ser capaz de voar com rapidez, caso necessário, até ele e Lucinda. Além disso, Ariane gostava de mergulhar em um estilo de vida mortal de vez em quando. Era gostoso trabalhar na fazenda, agradar um patrão. Tess jamais entendeu aquela necessidade, mas o mestre de Tess era um pouco menos exigente do que o Trono.

Era raro ter um momento roubado com Tess. As suas visitas à fazenda de leite, e a esta parte do mundo, nunca vinham com a rapidez necessária ou duravam o bastante. Ariane não gostava de imaginar a escuridão à espera de Tess assim que as duas se despediam, nem tampouco o mestre, que odiava ver Tess se desgarrar do seu reino.

Não pense nele, Ariane se repreendeu. *Não quando Tess está ao seu lado e não há necessidade de questionar o amor entre vocês!*

Sim. Tess estava ao lado dela. E a grama abaixo era tão macia, o ar da fazenda era tão perfumado por flores silvestres, que Ariane poderia ter caído no seio reconfortante de um sonho reparador.

Mas a história. Tess adorava as histórias dela.

— Onde eu estava? — perguntou Ariane.

— Ah, eu não me lembro. — Tess parecia distraída. Sua unha arranhou o pescoço de Ariane quando ela apanhou uma mecha de cabelo.

— Ai. — Ariane esfregou o pescoço. Será que Tess *não se lembrava?* Mas era Ariane quem se perdia em pensamentos, não Tess. — Algum problema, meu amor?

— Não — respondeu Tess rapidamente. — Você estava começando uma história... Uma história sobre um extraordinário... hã...

— Sim! — exclamou Ariane, alegre. — Um anjo *extraordinário*. O nome dela era... Ariane.

Tess puxou o cabelo de Ariane.

— Outra história sobre você? — Ela estava rindo, mas a risada pareceu distante, como se já tivesse voado para longe.

— Você também aparece! Espera só. — Ariane rolou de lado para encarar Tess. O braço com que Tess estivera trançando deslizou ao longo do quadril de Ariane.

Tess usava um vestido de algodão branco com corpete justo e mangas bufantes curtas e brancas. Havia explosões de sardas em seus ombros, que Ariane achava parecerem grupos de estrelas. Seus olhos eram um pouco mais escuros do que as íris azuis impressionantemente claras de Ariane.

Ela era a pessoa mais linda que Ariane já havia conhecido.

— E o que esse anjo tinha de tão extraordinário? — perguntou Tess depois de algum tempo, pegando a deixa.

— Ah, por onde começar? Havia *tantas* coisas extraordinárias a respeito dela! — Ariane deu um tapinha na própria cabeça, pensando em alguma direção inspirada para dar à sua história. Ela podia sentir a trança desamarrada se soltando na lateral da cabeça.

— Ai, Ariane! — exclamou Tess. — Você estragou a trança!

— Não é minha culpa se meu cabelo tem outros planos! E talvez o seu também tenha! — Ariane estendeu o braço para pegar a fita amarrada ao redor da longa trança ruiva de Tess.

Porém a garota foi mais rápida. Ela recuou de costas engatinhando pela grama como um caranguejo, rindo enquanto Ariane se levantava para persegui-la.

— Esse anjo, o *mais* extraordinário do mundo — gritou ela atrás de Tess, que disparou pela grama alta, sentindo o vento estimulante de fevereiro —, tinha o ninho de cabelo embaraçado mais *nojento* do mundo. Era famosa por isso, em todas as partes. Embaralocks era seu apelido para algumas pessoas. — Ariane ficou na ponta dos pés, as mãos erguidas, agitando os dedos para fazer uma mímica do cabelo. — Cidades sumiam dentro de sua juba poderosa. Exércitos inteiros eram varridos para dentro de seus nós! Homens adultos choravam e se perdiam no abismo negro de seus cachos de serpente.

Então Ariane tropeçou na barra comprida do vestido disforme de ordenhadora e caiu com força no chão. De quatro, ela olhou para Tess, que havia parado entre Ariane e o sol, um halo de luz rodeando seus cabelos ruivos.

Tess se inclinou para baixo para ajudar Ariane a se levantar, segurando os punhos dela com delicadeza.

— Até que um dia... — Ariane esfregou as palmas sujas de lama na frente do vestido; Tess deu um tapa nelas e tirou um lenço de algodão do bolso encordoado do vestido. — Um dia, esse anjo conheceu alguém que mudou sua vida...

Tess ergueu o queixo sutilmente. Estava escutando.

— Essa pessoa era uma diabinha — disse Ariane. — Era bastante séria, sempre anulando as travessuras de Embaralocks, sempre zombando de sua ingenuidade, sempre lembrando a ela que algumas coisas eram mais importantes do que meros *cabelos*.

Tess inesperadamente virou. Sentou-se na grama com as costas voltadas para Ariane. Será que havia achado a apresentação de seu personagem pouco lisonjeira? Mas havia mais por vir! Toda história precisava de uma reviravolta, de um elemento de surpresa. Ariane se espalhou sobre as pernas esticadas de Tess e se apoiou na grama sobre um dos cotovelos. Esticou a outra mão para soltar os braços que Tess havia cruzado firmemente sobre o peito. Mas quando sua mão agarrou a da amada, os olhos de Tess não se desgrudaram da flor silvestre amarelo-claro na grama.

— Deixe de lado esta história boba, Ariane — disse ela como em um transe. — Não estou no clima para ela hoje.

— Ah, mas espera! Estou só me aquecendo! — Ariane franziu o cenho. — De muitas maneiras aquela aparente adversária era o completo oposto de Embaralocks. Os cabelos dela eram penteados no estilo Maria Antonieta, parecendo dentes-de-leão vermelhos. — Ariane afagou os cabelos de Tess. — A pele dela era uma tela branca que queimava ao menor toque do sol. — Ela correu o dedo pelo braço nu e macio de Tess.

— Ariane...

— Mas aquela criatura era um demônio com um pente, e em suas mãos os cachos destruidores eram domados. A natureza daquela pessoa, ao contrário da do anjo, era...

— Chega! — explodiu Tess, afastando o olhar com rapidez na direção de um riacho raso e ladeado de seixos na extremidade do pasto. — Estou cansada de contos de fadas.

Ela se levantou e Ariane tentou desajeitadamente se pôr de pé para se juntar a ela.

— Não é conto de fadas — insistiu Ariane, ignorando a sensação de arrepio na pele. Ela se sentou e inclinou a cabeça em direção a Tess. — O fato de estarmos juntas...

— Não passa de um sinal de que ele não estava prestando atenção.

— *Não estava?* — Um vento gelado se arrastou pela campina.

— Ele me deu um ultimato.

O sangue fugiu do rosto de Ariane, e com ele as cores brilhantes do campo. O céu azul desbotou, a grama perdeu sua verve. Até mesmo os cabelos de Tess pareceram pálidos. Ariane sabia que aquele momento chegaria, sempre soubera, desde o início, mas mesmo assim ficou sem ar.

Tess trazia na nuca a tatuagem de estrela, aquela com que Lúcifer marcava seu círculo mais próximo de demônios.

— Ele sabe. E agora me quer de volta. — A voz de Tess estava gélida, um gelo que parecia arrepiar a alma de Ariane.

— Mas você acabou de chegar! — Ariane sentiu vontade de correr até sua amada, cair aos pés dela e chorar, mas apenas olhou para baixo, para as próprias mãos. — Não quero que você vá embora. Odeio quando você vai embora.

— Ariane... — Tess deu um passo na direção dela, mas Ariane se retraiu, enraivecida.

— Não cabe a ele dizer o que podemos ou não fazer! Que tipo de monstro alardeia tanto aos quatro ventos a importância do livre-arbítrio, mas não deixa você ser livre para seguir o próprio coração?

— Não tenho escolha quanto a isso.

— Tem, tem sim — teimou Ariane. — Você só não quer fazer essa escolha.

Quando Tess não respondeu, o peito de Ariane inflou com o espasmo inicial de um soluço do tamanho de um tsunami. Ela se sentia tão envergonhada. Virou-se e correu pelo pasto. Correu ao longo do riacho e subiu em disparada a encosta suave de grama na extremidade oeste da fazenda. Pisou pesadamente no jardim de ervas de sua patroa, incapaz de enxergar o tomilho através das lágrimas. Pôde ouvir Tess correndo atrás dela, os passos suaves a alcançando. Porém Ariane não parou até chegar à porta do velho celeiro onde no dia seguinte pela manhã faria a ordenha pouco antes do alvorecer.

Ela se atirou de encontro à parede áspera de madeira do celeiro e deixou que os soluços viessem.

Tess a abraçou por trás, fazendo a trança ruiva balançar por sobre o ombro de Ariane. Pousou a cabeça entre as omoplatas de Ariane e assim ficaram as duas, ambas chorando, por um momento silencioso.

Quando Ariane se virou, apoiando as costas contra a parede do celeiro aquecida pelo sol, Tess segurou sua mão. Os dedos dela eram compridos, brancos e magros; os de Ariane eram minúsculos, com unhas roídas até a carne. Ariane arrastou Tess para dentro da porta com dobradiças rangentes, onde elas estariam a salvo dos olhares das outras ordenhadoras, que logo se reuniriam para jantar.

Elas ficaram entre o feno e os cavalos; algumas vacas estavam deitadas enrodilhadas juntas em um canto. O cheiro dos animais estava em toda parte: o odor almiscarado dos cavalos, o cheiro doce das penas das galinhas, o suor seco do couro das vacas.

— Há um jeito de ficarmos juntas — disse Tess a Ariane em voz baixa.

— Como? Você ousaria desafiá-lo?

— Não, Ariane. — A mulher-demônio balançou a cabeça. — Fiz meu juramento. Estou presa a Lúcifer.

Quando Tess virou a cabeça para olhar para fora pela porta do celeiro, para o campo sem fim, Ariane teve um vislumbre da tatuagem de estrela negra que marcava a pele adorável. Era a única marca capaz de aderir aos corpos dos anjos: fora as cicatrizes das asas, qualquer outra marca feita a tinta, causada por ferimento ou cicatriz, desapareceria com o tempo.

A marca de Lúcifer era a única parte de Tess que Ariane podia dizer que não amava. Ela ergueu a mão para tocar o próprio pescoço, branco e intocado. Puro.

— Há outra maneira — disse Tess, aproximando-se de Ariane de modo que os pés de ambas ficassem entrelaçados. O amor de Tess cheirava a jasmim, e ela sempre dizia que Ariane tinha cheiro de creme doce. — Um jeito de parar de viver desse jeito, sempre mantendo em segredo o que temos entre nós.

Tess estendeu os braços na direção de Ariane e envolveu seus ombros. Ariane achou por um momento que elas tornariam a se abraçar. Sentiu o corpo ser atraído, necessitando do abraço...

Em vez disso, dedos gelados se arrastaram por sua nuca.
— Você poderia se juntar a mim.
Ariane se afastou. A pele dela se arrepiou.
— Junte-se a mim como alma gêmea, Ariane. Junte-se a mim e assuma seu lugar entre as legiões do Inferno.

DOIS

DESEJOS INFERNAIS

Ariane recuou.

— Não — sussurrou ela, certa daquela impossibilidade. — Eu jamais poderia fazer isso.

Os olhos azuis de Tess imploravam com intensidade feroz.

— Podemos terminar nosso caso secreto e proclamá-lo a todo o universo.

O modo como a voz dela ressoava, ecoando pelas vigas do celeiro, deixou Ariane nervosa.

— Você não quer isso? — gritou Tess. — Não quer que fiquemos juntas, quebrar as correntes arbitrárias que nos impedem de ser nós mesmas?

Ariane balançou a cabeça. Não era justo. Tess estava louca. Ela era dona da alma mais sublimemente bela que Ariane já vira, mas desta vez havia ido longe demais. Se ela sentia de fato algo por Ariane, Tess já deveria saber qual seria a resposta.

Porém...

Ariane hesitou, permitindo-se por um momento enxergar a situação do ponto de vista da amada. Claro que Tess desejava amar Ariane abertamente. Sempre desejaria. O que mais ela teria que fazer para provar isso?

Não! Como Tess poderia lhe pedir aquilo? Ir para o lado do Inferno, contra o Céu! Aquilo não era amor. Era insanidade.

— Talvez as regras estejam certas — disse Ariane, incerta. — Talvez anjos e demônios não devessem...

— O quê? — Tess a interrompeu. — Diga.

— Lúcifer jamais permitiria isso — respondeu Ariane, finalmente, de modo evasivo, virando as costas para Tess para caminhar pelo celeiro. Passou pelos cavalos em seus estábulos. Pelas vacas no cercado. Tudo em seu lugar. Olhou para o outro lado do celeiro, para Tess, e nunca se sentiu tão distante da alma que ela mais amava.

— Talvez Lúcifer permita... — Tess começou a dizer.

— Você sabe o que ele pensa do amor! — vociferou Ariane.

— Desde que... — Mas ela deixou a frase no ar. Aquela história antiga não tinha importância, não naquele momento.

— Você não entende. — Tess deu uma risada falsa, como se Ariane não estivesse entendendo algo tão simples quanto um problema de aritmética. — Ele disse que, se eu trouxesse você comigo...

— Quem disse? — A cabeça de Ariane se levantou de uma vez. — *Lúcifer?*

Tess recuou um passo, como se tivesse medo, e por um instante Ariane pensou ter visto algo nas vigas do celeiro. Uma estátua de pedra... uma gárgula. Ela parecia observá-las. Porém, quando Ariane piscou, ela já não estava mais lá. Ariane viu que os olhos de Tess estavam novamente ensandecidos e sentiu-se traída.

— *Você contou a ele?*

Agora Ariane marchava em direção à Tess, parando bem em frente ao seio da amada, que se ergueu, surpresa com aquele confronto. Tess, entretanto, não recuou.

— Como ousa! — disse Ariane de modo cortante, dando meia-volta.

Antes que Ariane pudesse sair correndo do celeiro, Tess segurou os punhos dela. Ariane os puxou com violência, sentindo os dedos de Tess se arrastarem por sua pele.

— Me deixa em paz! — berrou Ariane sem querer, mas Tess de todo modo não estava ouvindo. Ela se aproximou de novo de Ariane, puxando a manga do vestido com tanta força que o tecido se rasgou.

— Sim, eu contei a ele! — berrou Tess, bem na cara de Ariane. — Ao contrário de você, eu não dou a mínima se alguém souber!

Ariane a empurrou. E foi com tanta força que Tess caiu de costas em uma pilha de vasilhames para leite. Eles caíram em cima dela fazendo um estrondo metálico, espirrando algumas gotas brancas na pele clara.

Tess chutou os vasilhames para o lado e se levantou imediatamente. E então, Ariane não esperava por isso, suas asas se abriram por trás dos ombros.

Elas *nunca* expunham as asas uma para a outra; era algo que há muito tempo haviam concordado em não fazer. Era um lembrete claro demais de que aquele amor não era para ser.

Agora as amplas asas de demônio de Tess preenchiam o celeiro com uma luz brilhante. Eram do tom de dourado dos últimos momentos do pôr do sol, encostas elevadas que se erguiam ao alto por trás dos ombros como os picos de montanhas gêmeas.

Elas batiam ligeiramente nos lados, completamente abertas, rígidas, com as pontas curvadas ligeiramente para fora na direção de Ariane.

Era a posição ritual de combate.

Os cavalos relincharam e as vacas começaram a mugir como se pudessem sentir a tensão, sentir a iminência de algo ruim.

O que aconteceu em seguida não foi intenção de Ariane, mas ela não pôde evitar: suas asas responderam ao chamado. Elas desabrocharam dos ombros em uma torrente cuja sensação era tão inerentemente boa que ela deixou escapar um grito de alegria descuidado. Mas no momento seguinte ela engasgou de arrependimento ao vê-las se abrindo nas laterais do corpo.

Tess bateu as enormes asas douradas e seu corpo se ergueu. Ela pairou no ar por uma fração de segundo antes de mergulhar para baixo, atacando Ariane. As duas rolaram no chão do celeiro.

— Por que você está fazendo isso? — gritou Ariane, agarrando os ombros de Tess, se esforçando para afastá-la enquanto as duas lutavam.

Tess segurava nas mãos um punhado dos longos cabelos de Ariane, que ela afastou para trás para poder encarar o anjo nos olhos.

— Para mostrar que eu lutaria por você. Eu faria qualquer coisa por você.

— Me solta!

Ariane não queria brigar com sua amada, mas suas asas sentiram o antigo empuxo magnético em direção ao eterno adversário. Ela gritou de dor e bateu no rosto que somente gostaria de olhar com amor.

— Quando você se juntar a mim — disse Tess, irritada, prendendo as mãos de Ariane no chão —, ele irá aceitar você. Irá aceitar nosso amor.

Ariane balançou a cabeça, escondendo-se embaixo da amante. Tinha medo do que Tess faria em seguida, mas precisava dizer a verdade.

— É um truque.

— Cala a boca.

— Um truque para me fazer descer para lá. Tudo o que ele quer é mais uma alma. — Ariane se esforçava para se libertar do aperto da amada, para controlar as próprias asas pesadas, que soltavam faíscas toda vez que tocavam as de Tess. — Lúcifer é um comerciante — berrou ela por cima do estrondo da briga — que fica no mercado depois do pôr do sol apenas para fazer uma última venda. Assim que eu me juntasse a você...

Tess congelou, o rosto corado estava a poucos centímetros acima do rosto do anjo. Ela soltou o cabelo de Ariane, que estava segurando preso ao chão, então envolveu o rosto da amada com uma das palmas em concha.

— Quer dizer então que você vai pensar no assunto?

Havia tanto calor no olhar azul de Tess que o coração de Ariane se derreteu.

— Eu me lembro da primeira vez que me despedi de você — sussurrou Tess. — Senti tanto medo de nunca mais vê-la de novo.

Ariane estremeceu.

— Oh, Tessriel.

Como ela poderia resistir a um último beijo? A luta acabou quando sua cabeça se ergueu na direção de Tess, cujo rosto inteiro havia mudado. O amor tornou a fluir, preenchendo o espaço entre os corpos até não haver mais espaço entre as duas. Elas enroscaram os dedos nos cabelos uma da outra, com os membros entrecruzados, e se abraçaram com força. Quando seus lábios se encontraram, todo o corpo de Ariane se acendeu com paixão frustrada. Ela sorveu seu amor, sem jamais desejar se libertar daquele abraço, sabendo que quando ele terminasse...

Seria o fim *para elas.*

Seus olhos se abriram e ela fitou o rosto tranquilo de seu verdadeiro amor. Ariane nunca conseguia realmente pensar em Tess como um demônio. Nunca.

Ela se lembraria dela assim.

Sem perceber, seus lábios haviam se afastado dos de Tess. O coração pesava, cheio de incômodo e tristeza.

Ela se sentou devagar, depois se levantou.

— Eu... não posso me juntar a você.

Os olhos de Tess se estreitaram e a voz dela ficou espantosamente fria, do jeito que ficava quando o orgulho estava ferido. Ela permaneceu no chão.

— Você é um anjo caído, Ariane. É hora de perceber isso e descer do seu altar.

— Não sou esse tipo de anjo caído. — *Não sou como você.* — Eu caí porque acredito no amor.

— É mentira! Você caiu porque Daniel arrastou você, eu e todo mundo com ele.

Ariane estremeceu.

— Pelo menos o tipo de amor de Daniel não requer que a outra pessoa traia a própria natureza.

— Você tem tanta certeza disso?

A pergunta pairou no ar. Ariane caminhou até o cocho encostado na parede em frente e acrescentou comida e um balde de água do poço nos comedouros dos cavalos. Ouviu Tess suspirar.

— Eu acredito na causa de Daniel — disse Ariane. — Acredito em Lucinda.

— Errou de novo: você foi *designada* para ajudá-los. *Precisa* cuidar deles, senão os imbecis da Balança virão atrás de você.

— Não quer dizer que eu não acredite! Não vou desistir de Lucinda e Daniel.

— E em vez disso, vai desistir de nós? — Agora Tess estava chorando; ela se sentou no centro do celeiro e enxugou as lágrimas com seu lenço sujo de lama. — Amanhã é Dia dos Namorados, Ariane.

— Eu sei. Nós combinamos de voar até a Feira de São Valentim, onde estarão Daniel, Lucinda e os outros. — A voz de Ariane tremeu. — Seria um dia feliz.

— Feliz? Fingindo que não sou seu amor e que você não é o meu? Fingindo buscar aquilo que já compartilhamos? — desdenhou Tess.

Ariane não respondeu. Tess tinha razão. A situação difícil das duas era excruciante.

Tess por fim se levantou e se aproximou de Ariane. Tirou o vasilhame de leite das mãos dela e o pousou no chão. Com a mão em concha, envolveu o rosto de Ariane.

— Deixe que Luce e Daniel tenham seu Dia dos Namorados. E que nós tenhamos o nosso. Celebre o verdadeiro amor fazendo um pacto comigo. Junte-se a mim, Ariane. Poderemos ser tão felizes juntas... se estivermos *verdadeiramente* juntas.

Ariane engoliu o medo que se avolumava na garganta.

— Eu amo você, mas não posso ignorar minhas promessas.

Ela se afastou do toque de Tess. Seus olhos se apressaram em capturar cada detalhe da amada: o suave oscilar de seus cabelos ruivos na brisa, os pés brancos descalços sobre a palha áspera, a mão tomando a forma da ausência da mão de Ariane, as lágrimas invadindo os olhos azuis brilhantes.

Até mesmo o brilho dourado espetacular das asas dela.

Aquela seria a última vez que se veriam. Seria a última despedida.

TRÊS

O PRIMEIRO CORTE É O MAIS FUNDO

Nunca.
 Nunca.
 Nunca.
 A alma de Ariane pesava enquanto ela voava. Ela já devia saber que aquilo iria acontecer! Contudo, ela *soubera*. Algo em sua alma há muito tempo sentia que um dia como aquele estava perto, um dia no qual Lúcifer chamaria Tessriel de volta.
 Porém, ela *jamais* imaginou que Tess lhe pediria para abandonar sua posição no Céu... para trocá-la pelo fogo do Inferno!
 Sua irritação crescia agora e as asas se flexionavam e retesavam em resposta.
 Às vezes, quando Ariane permanecia tempo demais disfarçada de mortal, esquecia-se de como suas asas eram amplas, do

quanto eram fortes, do quanto era profundo o prazer de abri-las a partir dos ombros, daquela energia alada de prazer. Ela devia estar sentindo a exaltação que sempre sentia ao voar nas alturas, mas agora suas asas prateadas eram apenas lembretes tristonhos do que ela era, e do que sua amada era, e de como ela e Tess nunca poderiam ficar juntas.

Nunca.

Eu me lembro da primeira vez que me despedi de você, dissera Tess no celeiro. *Senti tanto medo de nunca mais vê-la de novo.*

Ariane se lembrava daquela vez também: fora há milhares de anos. Ela, Annabelle e Gabbe pairavam em uma nuvem de chuva escura nos arredores de um lugar chamado Canaã, observando uma celebração mortal conduzida por um homem chamado Abraão, quando aquele anjo surgiu do nada e pairou diante delas no céu.

— Quem é você?

O tom de Gabbe era hostil, dirigindo-se ao anjo com cabelos ruivos brilhantes e olhos azuis como cristais. Para Ariane, as asas do anjo desconhecido eram adoráveis, e seu corpo parecia tão macio quanto uma nuvem cúmulus. Os relâmpagos se refletiam por sua pele branca radiante. Ariane se lembrava de ter sentido vontade de estender a mão e tocá-la, como se para ter certeza de que aquele anjo era real.

— Sou Tessriel, sua antiga irmã no Céu. — O anjo desconhecido havia abaixado a cabeça em respeito. — Anjo do trovão que atravessa a Eurásia.

Tessriel olhou para Ariane e algo no campo distante da alma de Ariane se recordou daquele anjo. Sua irmã. Sim. Elas não haviam se conhecido muito bem no Céu; havia existido uma legião de outros anjos entre elas, mas sempre houve uma conexão. Aquele mistério inexplicável chamado atração.

— Trago notícias de seu irmão Roland — disse Tessriel a Ariane, que reprimiu um murmúrio de espanto ao ouvir o nome dele.
— Roland reside nos domínios de Lúcifer — afirmou Gabbe com rispidez. — Você nos traz notícias do Inferno?
— Eu trago notícias...
A voz de Tessriel falhou e o coração de Ariane disparou por ela. Ela não via Roland desde a Queda e sentia falta dele desesperadamente. Aquele anjo viera com uma mensagem. Ariane avançou de modo desajeitado, pressionando o corpo contra o de Gabbe, que a conteve com a ponta branca da asa.
— Vá agora, deixe-nos — ordenou Gabbe. Era a última palavra.
Tessriel balançou a cabeça com tristeza enquanto se virava para ir. Olhou para trás uma única vez para Ariane, brevemente e com grande pesar.
— Adeus.
— Adeus!

※

Não foi adeus, contudo. Anos mais tarde, sozinha, caminhando pelos bancos de areia de um rio mortal, ela deparou novamente com o anjo ruivo.
— Tessriel?
Tessriel desviou os olhos do rio no qual se banhava e a olhou. Estava nua, as asas brancas e puras tocando de leve a superfície da água, e os longos cabelos ruivos caindo escorregadios pelas costas.
— É você? — sussurrou Tessriel. — Achei que nunca mais iria vê-la de novo.

Quando o anjo se ergueu do rio, a visão de seu disfarce mortal foi demais para Ariane, que desviou o olhar, eletrizada e constrangida. Ela ouviu o ondular das asas saindo da água, sentiu uma lufada de ar cálido e então, um segundo depois, os mais doces lábios tocaram os dela. Braços molhados e asas molhadas a envolveram.

— O que foi isso? — Ariane piscou, espantada, enquanto Tess se afastava. Seus lábios coçavam com desejo inesperado.

— Um beijo. Prometi a mim mesma que se tornasse a ver você, é o que eu faria.

— E se eu fosse embora agora e depois voltasse — perguntou-se Ariane em voz alta —, você me beijaria desse jeito outra vez?

Tessriel assentiu, com um enorme sorriso.

— Adeus — sussurrou Ariane, fechando os olhos. Quando ela tornou a abri-los, disse: — Olá.

E Tessriel a beijou de novo.

E de novo.

Em um fiorde escuro ao norte da Noruega... em um navio que velejava para as Índias... em um platô deserto e arenoso na Pérsia... em uma tempestade dentro de uma floresta tropical; quando o mundo era descomplicado, jovem e nenhum dos anjos caídos havia se voltado para a direção à qual cada um eventualmente se voltaria, Ariane e Tessriel sempre diziam "adeus" para dizer "olá" novamente, sempre se unindo e se libertando com um beijo.

⁂

Agora, sentindo-se distante como nunca dos lábios da mulher-demônio que amara, Ariane passou por um par de garças no céu. As duas estavam juntas, enquanto Ariane precisava ficar sozinha. Por causa de velhas alianças que nem ela nem Tess trairiam. Aquilo deixava Ariane furiosa tamanha a frustração. Precisava estar em algum lugar solitário e remoto, onde seu coração pudesse sofrer em paz.

As lágrimas embaçavam sua visão ao atravessar as planícies do vale abaixo. Não queria deixar Tess; não conseguia ir embora rápido o suficiente. Em pouco tempo ela já havia fugido da fazenda de leite em seu vale verdejante, que aprendera a amar.

Amor. O que era isso, afinal?

Daniel e Lucinda pareciam saber. Houve momentos em que Ariane pensou ter dançado em direção à consciência do amor: momentos ternos e fugazes presa em um beijo com Tess, quando as duas almas se perdiam uma na outra completamente. Se ao menos pudessem ter ficado assim para sempre, mentindo para si mesmas em um estado estendido de graça.

Talvez amar fosse mentir para si mesmo.

Não. O mundo era ameaçador para elas, e à luz plena e clara do dia, Ariane sabia que o que sentia por Tess era e não era amor. Era tudo; e era impossível.

Foi por esse motivo que elas já haviam passado por esse mesmo tipo de despedida, o tipo feio, uma vez antes.

Tinha sido algumas centenas de anos depois da Queda. Ariane finalmente fizera sua escolha. Ela havia voltado às planícies do Paraíso e, depois de algum tempo, fizera as pazes com o Trono. Suas asas cintilavam um lindíssimo tom de prata iridescente, a marca que sinalizava que ela fora aceita mais uma vez, e Ariane estava ansiosa para mostrá-las à sua amada. Encontrou Tessriel sob a cachoeira amazônica onde elas haviam combinado de se encontrar.

— Olhe o que eu acabei de fazer...

— *O que você acabou de fazer?*

Do mesmo modo que as asas de Ariane exibiam um brilho prateado novo em folha, as de Tessriel estavam maculadas, com um tom dourado glorioso e espalhafatoso.

— Você não me contou que estava pensando em... — Ariane não completou a frase.

— Nem você. — Os olhos de Tess se encheram de lágrimas, mas logo depois que as enxugou, pareceu irritada.

— Mas por quê? Por que você se alinharia a ele?

— Por acaso então sua escolha não é tão arbitrária quanto a minha? Seu mestre é apenas a autoridade porque *você* diz que ele é.

— Pelo menos ele é *bom*, ao contrário do seu!

— *Bom. Mau.* São apenas palavras, Ariane. Quem pode confiar nelas, afinal?

— Como... como poderei amar você agora? — sussurrou Ariane.

— É simples — disse Tess com um meneio triste de cabeça. — Não poderá.

※

Foi Roland quem tornou a uni-las. Agora Ariane quase desejava que ele não o tivesse feito, mas, na época, ela precisava de Tess mais do que jamais teria admitido. Roland deu um jeito de armar um momento roubado entre as duas em Jerusalém, depois do suposto casamento entre Cam e Lilith.

Aquele casamento jamais ocorreu.

Porém, Ariane e Tessriel haviam se encontrado. Assim que se viram, suas discussões se transformaram em outro beijo sem fim.

— Precisamos ser livres para que cada uma de nós possa ser genuína de forma independente — dissera-lhe Tess —, mas jamais seremos tão fortes e sólidas como quando estamos juntas.

— Cuidado — dizia sempre Roland quando ela escapava às escondidas para estar com Tess.

E Ariane tomava cuidado. Não foram pegas nem uma vez. Nem uma vez os anjos suspeitaram do romance secreto de Ariane com uma das mulheres-demônio mais íntimas de Lúcifer. Ela havia sido cuidadosa com tantas coisas... menos com o destino do próprio coração.

Ariane simplesmente jamais esperaria que Tess a obrigasse a fazer uma escolha.

Este adeus tinha que ser para sempre.

※

Ariane não conseguia respirar. Agora as lágrimas jorravam e ela ofegava e continuava voando, sem saber para onde ir.

Será que ela um dia voltaria a ver seu amor?

Uma dor aguda parecia perfurar seu coração, uma agonia despedaçava as fissuras dos seus ossos. O que estava acontecendo? Então um pressentimento sombrio tomou conta da sua alma, e Ariane gritou de medo.

Ela pôs a mão no peito, mas aquilo não era mera aflição.

Algo estava errado.

Tess.

No meio do voo pelas montanhas do norte da Itália, Ariane deu meia-volta para mudar de direção no céu. As asas tremeram e seu coração parou, e a única coisa que ela sabia era que precisava voltar para a fazenda de leite. Era a intuição de uma amante, uma consciência vagarosa que se espalhava pelo seu cérebro...

Até ela ter absoluta certeza...

Algo havia acontecido...

Algo impronunciável.

QUATRO

O AMOR DESAPARECE

O celeiro estava vazio.

O sol havia se posto.

A única luz além da que provinha da fria lua minguante toscana brilhando pela porta aberta vinha das asas de Ariane. Elas emitiam um brilho suave e opalescente sobre os animais, que não estavam dormindo: os cavalos relinchavam e as galinhas cacarejavam inquietas em seus poleiros; as vacas estavam deitadas no feno almiscarado, os úberes cheios de leite.

Eles haviam percebido algo também.

Ariane começou a ficar desesperada: onde estava Tess? Ela andou pelo celeiro, procurando pistas, encontrando apenas as evidências da luta das duas. Os vasilhames de leite caídos. O trecho gasto de feno lamacento onde elas haviam brigado. Se fechasse os olhos, ainda podia enxergar Tess do modo como desejava, sorrindo, com as faces coradas brilhantes.

A respiração de Ariane provocava uma névoa diante do rosto. Ela a observava dissipar no ar gelado. Tinha vontade de gritar, de conter todas as coisas que desapareciam.

Seu pressentimento era tão forte que Ariane retorceu as mãos e refez os passos que dera ao redor dos estábulos antes de disparar céu afora, lembrando-se das palavras raivosas que haviam vociferado uma para a outra e lamentando tudo o que jamais dissera ou fizera para Tess que não viera de um lugar de amor completo.

Ali.

Ela congelou quando a ponta da asa se arrastou por um monte de feno úmido.

O que era aquilo?

Ariane caiu de joelhos. Suas asas emitiam um brilho branco que iluminava os animais aterrorizados, recuados nos cantos de suas baias.

Havia sangue no feno: uma poça vermelha e brilhante.

— Tessriel!

Ariane se pôs de pé em um pulo, vasculhando enlouquecidamente o chão com os olhos em busca de outro vestígio do sangue da amada. Voou em um círculo desesperado, examinando cada centímetro do celeiro e disparando como uma cotovia nessa ou naquela direção, porém sem encontrar nada.

Até que apenas permitiu que suas asas a transportassem para fora, para a extremidade mais distante do celeiro.

Ali, logo após o vão da porta aberta, vislumbrou uma pequena poça de sangue embebendo a grama. Aproximou-se, pairando sobre ela. Desejava tocá-la, mas...

Não. Ela se conteve.

Mais além da poça de sangue, pingos vermelho-escuros formavam uma linha de vários centímetros de comprimento, que levavam em direção à Estrela do Norte.

Tess estava em movimento. Mas o que havia acontecido a ela?

Ariane sobrevoou o chão em rasante, procurando pequenos sinais. Em diversos pontos via manchas de sangue nas lâminas da grama alta, mas logo perdia a trilha novamente. Em determinada altura, depois de atravessar o leito de um riacho, a trilha desapareceu por completo, e Ariane gemeu, sentindo que tudo estava perdido.

Mas então, perto de um salgueiro chorão, tornou a encontrar a trilha da amada.

O sangue se estendia por uns 20 metros, a trilha se ampliava e ia longe, como se tivesse sido infligida uma ferida recente. Estaria um inimigo perseguindo Tess, ferindo-a em sua fuga? Ariane acelerou o ritmo, desesperada para se colocar entre Tess e sabe-se lá qual mal que ousaria machucá-la.

Apenas um ser poderia perseguir um demônio com plenos poderes. Em suas fantasias mais sombrias, Ariane via Lúcifer, as camadas de cataratas em seus olhos, as asas imensas se abrindo com pelos negros grosseiros.

Mas será que Lúcifer iria até ali para lutar com Tess a fim de fazê-la voltar ao Inferno? Ariane nunca vira seu amor frente a frente com o mestre dela, embora tais visões a atormentassem. Caso ela pegasse Lúcifer machucando Tess, não sabia o que faria. Mal conseguia voar, tamanha a raiva que se acumulava dentro dela.

Um amor como aquele era fatal, até mesmo para um anjo.

— Tessriel! — berrou ela novamente para os campos verdejantes infindáveis. Entretanto, não ouviu resposta.

A oeste, nuvens de tempestade formavam um quadro sujo ao longo do céu. Ariane esperava que Tess não tivesse viajado naquela direção. Tudo o que dizia respeito à chuva, seu odor, seu efeito sobre o terreno, sua qualidade purificadora, tiraria Ariane da trilha.

Mas talvez Tess estivesse justamente contando com aquilo.

E por isso ela iria para o coração da tempestade.

Ariane achatou as asas. Concentrou-se em ganhar velocidade. A turbulência a sacudiu e seu corpo oscilou da esquerda para a direita, para cima e para baixo, até ficar encharcada, tremendo e cuspindo água da chuva.

Foi quando avistou Tess, deitada de costas na extremidade de um promontório de pedra aos pés das Dolomitas, não muito distante do lugar onde Ariane havia identificado que algo estava terrivelmente errado.

Tess parecia estar *morrendo*... porém anjos não morriam. As asas dela se debatiam de modo esquisito nas laterais do corpo. Sangue vertia delas, acumulando-se em uma rocha plana sob Tess. Ela estava sozinha.

Ela estava *sozinha*.

Ariane estava a 30 metros acima dela, mas o brilho fosco prateado na mão de Tess era inconfundível.

No entanto, por que Tess teria uma seta estelar?

Ariane mergulhou tão rapidamente que o vento rugiu em seus ouvidos. Ela aterrissou no promontório cinza-claro alguns metros a frente de Tess. As asas de Ariane lançavam um círculo de luz, envolvendo o corpo de Tess em um halo frio de esplendor. Era fácil enxergar agora: a seta estelar havia lacerado a asa esquerda da mulher-demônio. Não estava completamente rasgada, mas a asa cor de cobre que um dia fora tão poderosa agora pendia, presa apenas pelo mais fino conjunto de fibras empíreas.

A ira brilhou no rosto de Ariane: iria assassinar quem quer que tivesse feito aquilo. Então ela encarou o rosto cinzento de Tess; seus olhos mal estavam abertos, mas a fitavam.

E entendeu.

Não havia outra pessoa para culpar. Aquela que era a mais cruel das feridas, fora autoinfligida.

Justamente poucas horas antes, Ariane tinha pensado na pureza da pele de um anjo, em como nada jamais a marcava. Contudo, isso não era absolutamente verdade: algumas coisas deixavam cicatrizes permanentes.

Lúcifer era capaz de fazer isso com a tinta de suas tatuagens.

Um ferimento causado por seta estelar também, isso se não matasse o anjo.

A união entre...

— Tessriel, não!

A mulher-demônio ergueu a seta estelar com a mão direita e levou-a mais uma vez até perto da ferida, como se tencionasse amputar a asa dourada do corpo. Seus dedos, porém, tremiam tanto que a seta estelar terminou por cortar outras regiões da asa, fazendo jorrar sangue do seu centro musculoso. Só então ela pareceu notar a presença de Ariane.

— Você voltou. — A voz dela era tão rarefeita quanto o ar da montanha.

— Oh, Tessriel. — As mãos de Ariane cobriram o próprio peito. — Elas nunca vão cicatrizar.

— Essa é a ideia. Eu precisava de algo para me lembrar de você.

— Não diga isso. — Ariane caiu de joelhos, rastejando até onde Tess estava deitada. — Para começo de conversa, o que você estava fazendo com uma seta estelar? Fazendo escambo com Azazel? Isso não se faz!

— Isso se faz quando a necessidade é grande o bastante. Se não posso ter você, não quero nada. — Tess sorriu enquanto golpeava a seta estelar para baixo em um movimento cortante ao longo da asa mutilada. Aquilo produziu um som parecido com o de carne sendo rasgada, mas não cortou a asa completamente. — É mais difícil do que você pensa.

— Pare com isso! — gritou Ariane, lançando a outra mão para tomar a seta estelar da mão de Tess.

Em um lampejo, Tess voltou a seta estelar contra Ariane.

— Afaste-se — avisou ela, com fraqueza. — Você sabe o que vai acontecer se me tocar.

Ariane observou o anjo caído que amava, coberta pelo sangue que agiria como veneno caso ela ousasse tocá-lo.

Mas mesmo sabendo daquilo, Ariane não se conteve. Ela precisava que Tess soubesse que não estava sozinha, que era amada.

A lembrança de Tess rindo ecoou em seus ouvidos e aqueceu o interior do seu corpo; a imagem de Tess, a querida, doce e linda Tess, brincava diante dos olhos de Ariane quando ela fez o impensável...

Inclinou-se para a frente na direção de Tessriel, atirando-se em cima do demônio, tentando agarrar a seta estelar, gritando de angústia enquanto o sangue de Tess a lacerava. Era a dor singular causada pelo sangue do demônio sobre a carne angelical, como mil espadas sem fio entrando na alma.

Sangue sobre sangue era ainda pior.

Ariane cerrou os dentes com força, quase enlouquecendo com a dor enquanto lutava para tirar a seta estelar da mão de Tess.

— Me deixe em paz! — As unhas de Tess arranharam a garganta de Ariane até abrirem a pele e o sangue de Ariane começar a jorrar.

Um urro animalesco escapou dos lábios de Ariane.

Seu sangue literalmente fervia ao entrar em contato com o de Tess, transformando-se em ácido no corpo e chamuscando a pele. Nos pontos onde o sangue das duas se misturavam, borbulhas apareciam no lado esquerdo do corpo, cicatrizes feias se enovelavam pela perna, pelo tronco e pelo pescoço.

Mesmo assim, Ariane não a soltava.

— Veja o que você fez agora. — Os lábios de Tess estavam azuis de tanto sangue que ela perdera. Uma risada sádica pontuou sua angústia. — Até mesmo o meu sangue é contrário ao seu, e o seu ao meu. Exatamente como... — então sua voz falhou e seus olhos começaram a vagar. — Exatamente como sempre disseram que aconteceria.

— Fique parada! — Ariane tentava se concentrar sem prestar atenção à queimadura de ácido; a única coisa que importava era estancar o fluxo do sangue de Tess. Ela segurava as duas asas flácidas, sem saber o que fazer.

— Você está piorando as coisas! — guinchou Tess.

— Para! Você já perdeu sangue demais.

Tess estava tendo convulsões, mas ela apoiou uma das mãos sobre a rocha e ergueu a cabeça apenas o suficiente para encarar Ariane profundamente.

— Você partiu meu coração, Ariane. Você não pode ser aquela que irá me curar.

Os lábios de Ariane tremeram.

— Posso. E serei.

Ela retalhou a saia do vestido de ordenhadora com os dentes. *Isto nunca vai dar certo*, pensava enquanto amarrava e esticava o tecido para transformá-lo em uma tipoia desajeitada, envolvendo cuidadosamente a sangrenta asa esquerda de Tess.

Rapidamente fez outra tipoia, trabalhando até seus dedos ficarem anestesiados pelo medo e pelo frio. Tess continuava a ter convulsões, mas seus olhos estavam fechados, e ela não reagia aos pedidos de Ariane para acordar.

Aquelas tipoias não seriam o bastante. Os ferimentos de Tess precisavam de intervenção celestial. Aquilo exigiria a ajuda de Gabbe, e ela ficaria furiosa, porém Gabbe era Gabbe, sendo assim, ajudaria de todo modo. As asas de Tess jamais voltariam a ser as mesmas, mas com sorte talvez um dia ela pudesse voar.

Foi somente depois que Ariane envolveu as asas de Tess do melhor modo possível que olhou para o próprio corpo. Era um quadro deprimente.

O pescoço ardia de dor. O vestido havia caído em pedaços ao longo da lateral esquerda do corpo. A pele estava manchada com sangue, pus prateado e carne de anjo despedaçada. Ela não tinha nada para cobrir as próprias feridas. Usara todo o tecido para Tess.

Ela desabou sobre o colo do demônio e soluçou. Precisava de ajuda, mas não poderia carregar Tess estando naquele estado queimado e destroçado. Que bem aquilo faria, no fim das contas?

Talvez Tess tivesse razão: quando um amante sofria com um coração partido, não importava o quanto o outro desejasse ajudar, não poderia ser ele a sanar aquela dor.

Tanto quanto possível, percebeu Ariane, cada alma deveria se sentir satisfeita sozinha antes de mergulhar no amor, porque nunca se sabia quando o outro desejaria abandonar aquele amor. Este era o maior de todos os paradoxos: as almas precisavam uma da outra, mas também precisavam não precisar uma da outra.

— Preciso ir embora — sussurrou ela para Tess, cuja respiração era superficial e difícil. — Irei enviar ajuda. Alguém vai vir cuidar de você. Eu a amo e jamais amarei outra pessoa. A melhor maneira de honrar este sentimento é indo embora agora e lutando pelo tipo de amor que nós compartilhávamos, o tipo de amor no qual acredito. Espero que um dia você encontre aquilo que busca. — Uma lágrima escorreu pela face de Ariane. — Feliz Dia dos Namorados, meu único amor.

Uma estrela cadente dançou em um arco brilhante ao longo do céu. Norte, exatamente a direção para a qual Ariane precisava voar para encontrar Daniel e Lucinda. Seu pescoço latejava quando ela se levantou da rocha, mas apesar de seus ferimentos, sentia as asas poderosas e imaculadas. Ela as abriu completamente e alçou voo para longe.

AMOR SEM FIM

O DIA DOS NAMORADOS DE DANIEL E LUCINDA

UM

O AMOR HÁ TEMPOS

Luce se viu na extremidade de uma alameda estreita sob uma faixa de céu ofuscado pelo sol.
— Bill? — sussurrou ela.
Nenhuma resposta.
Ela havia saído do Anunciador grogue e desorientada. Onde estaria agora? Na outra ponta da alameda havia um brilho com uma agitação, alguma espécie de feira movimentada da qual Luce conseguiu ter vislumbres de frutas e aves mudando de mãos.
Um vento cortante de inverno congelara as poças da alameda e as transformara em neve semilíquida, porém Luce suava embaixo do vestido negro de baile que usava... quando foi que pusera aquele vestido despedaçado? No baile do rei em Versalhes. Ela encontrara o vestido no armário de alguma princesa. E

depois continuara com ele ao atravessar pelos Anunciadores até a encenação de *Henrique VIII* em Londres.

Ela cheirou seu ombro: o vestido ainda exalava fumaça do incêndio que havia destruído o Globe.

Acima dela ouviu um conjunto de batidas altas: persianas estavam sendo escancaradas. Duas mulheres colocaram as cabeças para fora das janelas adjacentes do segundo andar. Assustada, Luce pressionou o corpo contra uma parede sombreada para escutar, observando enquanto as mulheres remexiam um varal compartilhado.

— Vais deixar Laura assistir às festividades? — perguntou uma delas, uma matrona com um capuz cinza simples, enquanto prendia um enorme par de calças úmidas no varal.

— Não vejo nenhum mal em *assistir* — respondeu a outra, uma mulher mais jovem. Ela sacudiu uma camisa de linho seca e a dobrou com rápida eficiência. — Desde que ela não participe dessas exibições obscenas. Urna do Cupido! Humpf! Laura só tem 12 anos; ainda está jovem demais para ir atrás de um coração partido!

— Ah, Sally — suspirou a outra mulher em um sorriso sutil —, tu és rígida demais. O Dia de São Valentim é um dia para todos os corações, jovens e velhos. Talvez fizesse bem a ti e a teu senhor serem também arrebatados pelo romance deste dia, hum?

Um mascate solitário, um homem baixinho vestido com uma túnica azul e meias colantes azuis, virou no fim da rua, empurrando um carrinho de madeira. As mulheres o olharam com desconfiança e abaixaram a voz.

— Peras — cantarolou ele para as janelas abertas, das quais as cabeças e mãos femininas haviam desaparecido. — A fruta rotunda do amor! Uma pera para seu amor fará deste um ano doce.

Luce se inclinou na parede na direção da saída da alameda. Onde estava Bill? Ela ainda não havia percebido o quanto passara a depender daquela pequenina gárgula. Precisava de roupas diferentes. De ter uma ideia de onde e em que época estava. E de um resumo do que estava fazendo ali.

Era uma cidade medieval qualquer. Um festival de São Valentim, Dia dos Namorados. Quem diria que aquela era uma tradição tão antiga?

— Bill! — sussurrou. Porém, ainda não havia obtido resposta.

Ela chegou à esquina e inclinou a cabeça para olhar ao redor.

A visão de um castelo altíssimo a fez parar. Era enorme e majestoso. Torres de mármore erguiam-se na direção do céu azul. Estandartes dourados, cada qual exibindo um leão, oscilavam suavemente de postes altos. Ela meio que esperou ouvir o soar de trombetas. Era como topar acidentalmente com um conto de fadas.

Instintivamente, Luce desejou que Daniel estivesse ali. Aquele era o tipo de beleza que só parecia real até você compartilhá-la com alguém que amava.

Entretanto, nem sinal de Daniel. Havia apenas uma garota.

Uma garota que Luce reconheceu no mesmo instante.

Era um de seus eus do passado.

Luce observou a garota atravessar a ponte com calçamento de pedra que levava aos portões altos do castelo. Ela passou por eles e entrou em um fantástico roseiral, onde os arbustos tinham sido esculpidos em sebes altas semelhantes a paredes. Seu cabelo era comprido, emaranhado e estava solto, descendo em cascata até a metade das costas do vestido de linho branco. A antiga Luce, Lucinda, olhou melancolicamente para os pesados botões de rosa vermelhos e cor-de-rosa, tão torturantemente altos acima dos portões do jardim.

Então Lucinda ficou na ponta dos pés, esticou uma das mãos pálidas na direção do portão e dobrou o caule de uma rosa vermelha estranhamente solitária no meio de um arbusto desfolhado até que chegasse ao seu nariz.

Seria possível cheirar uma rosa com tristeza? Luce não saberia dizer; tudo o que ela sabia era que algo naquela garota, ela mesma, parecia *triste*. Mas por quê? Teria algo a ver com Daniel?

Luce estava prestes a sair completamente da alameda sombreada quando ouviu uma voz e viu uma figura se aproximar do seu eu do passado.

— Aí estás tu.

Lucinda soltou a rosa, que de um estalo voltou a seu lugar no jardim, perdendo seu botão nos espinhos circundantes ao fazê-lo. As pétalas vermelhas em forma de lágrimas choveram em cima dos ombros de Lucinda quando ela se virou para encarar o dono da voz.

Luce observou a postura de Lucinda se modificar e um sorriso se esticar no rosto dela ao ver Daniel. E sentiu aquele mesmo sorriso no *próprio* rosto. Os corpos das duas podiam ser diferentes, suas vidas cotidianas podiam não ser nem um pouco semelhantes, mas quando o assunto era Daniel, a alma compartilhada de ambas se alinhava completamente.

Ele usava uma armadura completa, embora sem o elmo, e os cabelos loiros estavam escorridos com suor e sujeira. Era óbvio que ele tinha acabado de vir da estrada; a égua malhada ao lado dele parecia exausta. Luce precisou lutar contra todos os impulsos para não correr e se jogar em seus braços. Ele era de tirar o fôlego: um cavaleiro em armadura brilhante capaz de superar qualquer outro cavaleiro de conto de fadas.

Porém, aquele Daniel não era o seu Daniel. Aquele Daniel pertencia a outra garota.

— Tu voltaste! — Lucinda começou a correr, os cabelos longos pairando ao vento.

Os braços de seu eu do passado se esticaram para a frente, a centímetros de Daniel...

Mas a imagem do valoroso cavaleiro oscilou ao vento.

E então sumiu. A repulsa subiu pelo estômago de Luce ao observar o cavalo e a armadura de Daniel desaparecerem no nada enquanto Lucinda (que não conseguiu parar a tempo) caía de cabeça em uma gárgula de pedra que expelia fumaça.

— Errou o alvo! — gargalhou Bill, rodando no ar em um giro completamente vertical.

Lucinda gritou, tropeçou em seu vestido e aterrissou na lama de quatro. A risada escabrosa de Bill ecoou na fachada do castelo. Ele pairou mais alto no ar e depois viu Luce observando-o do outro lado da rua.

— Aí estás tu! — disse ele, fazendo uma estrela na direção de Luce.

— Eu lhe disse para nunca mais fazer isso de novo!

— Minha acrobacia? — Bill pulou para o ombro dela. — Mas se eu não praticar, não ganharei medalhas — disse ele com sotaque russo.

Ela deu uma pancada violenta nele para tirá-lo dali.

— Eu quis dizer se transformar em Daniel.

— Não fiz isso com você, fiz com ela. Talvez seu eu do passado ache engraçado.

— Ela não acha.

— Não é minha culpa. Além do mais, não consigo ler a mente dos outros. Você espera que eu entenda que está falando em prol de todas as Lucindas de todos os tempos, sempre que você fala. Nunca disse nada quanto a zoar suas vidas do passado. É tão divertido. Para mim, pelo menos.

— É *cruel*.

— Se insiste em querer achar cabelo em ovo, beleza, ela é toda sua. Você não precisa, acho, que eu aponte que o que *você* faz com elas não é lá exatamente muito humano!

— Foi você mesmo quem me ensinou a entrar no modo 3D.

— Foi exatamente o que eu quis dizer — disse ele com uma risada esquisita que fez os braços de Luce se arrepiarem.

Os olhos de Bill pousaram sobre uma diminuta gárgula em uma das colunas dos portões do roseiral. Ele se inclinou de lado no ar, rodeou de volta até a coluna e passou o braço ao redor do ombro da gárgula como se finalmente tivesse encontrado um companheiro de verdade.

— Mortais! Não se pode viver com eles, não se pode mandá-los para as profundezas ferozes do Inferno. Estou certo ou estou certo? — Ele tornou a olhar para Luce. — Esse aqui não é bem do tipo falador.

Luce não pôde mais aguentar aquilo. Saiu correndo, se apressando para ajudar Lucinda a se levantar. O vestido do seu eu do passado estava rasgado nos joelhos e o rosto estava pálido de um modo doentio.

— Está tudo bem? — perguntou Luce. Ela esperou que a garota fosse ficar agradecida, mas em vez disso ela se retraiu.

— Quem... o que és tu? — Lucinda estava boquiaberta ante Luce. — E que tipo de demônio é aquela coisa? — Ela lançou a mão na direção de Bill.

Luce suspirou.

— Ele é só... Não ligue para ele.

Bill provavelmente parecia um demônio para aquela encarnação medieval. Luce muito provavelmente não parecia muito melhor... uma garota maluca que corria até ela usando um vestido de baile futurista fedendo a fumaça?

— Desculpe — disse Luce, olhando para Bill por cima do ombro da garota, e ele parecia estar se divertindo.

— Pensando em entrar no modo 3D? — perguntou Bill.

Luce estalou os nós dos dedos. Tudo bem. Ela sabia que precisava encarnar àquele corpo do passado caso desejasse prosseguir em sua busca, mas algo no rosto do seu eu anterior, confusão e um leve ar de traição inexplicável, a fez hesitar.

— Daqui a, hã, um instantinho.

Os olhos de seu eu do passado se arregalaram, mas quando ela estava prestes a ir embora, Luce esticou a mão até a do seu eu anterior e a apertou.

As pedras sólidas sob seus pés se moveram e o mundo diante de Luce rodou como um caleidoscópio. Seu estômago foi atirado na direção da garganta, e quando o mundo tornou a se achatar, ela permaneceu com aquela náusea específica da clivagem. Piscou e, durante aquele momento perturbador, teve a visão dos corpos desabitados das duas garotas. Ali estava a Lucinda medieval: inocente, presa e aterrorizada; e, ao lado dela, estava Luce: culpada, exausta, obcecada.

Não havia tempo para arrependimentos. Ao término da piscada...

Havia um único corpo, uma única alma em conflito.

E o sorriso irônico saído dos lábios grossos de Bill observando tudo aquilo.

Luce apertou o peito por sobre o vestido de linho áspero que Lucinda estava usando. Ele doía. Todo o corpo havia se transformado em pura mágoa e aflição.

Ela estava canalizando Lucinda agora, sentindo o que Lucinda estivera sentindo antes de Luce habitar seu corpo. Tratava-se de algo que àquela altura já havia se transformado em uma segunda natureza para Luce, da Rússia ao Taiti e ao Tibete, mas, não importava quantas vezes ela o fizesse, tinha a impressão de que jamais se acostumaria a de repente *sentir* com tanta profundidade a paisagem das emoções do passado.

Naquele exato momento, sentia o tipo de dor crua que não sentia desde seus primeiros dias na Sword & Cross, quando amava tanto Daniel que achava que aquilo iria parti-la em dois.

— Você está com uma cara meio verde. — Bill flutuava diante do rosto dela, parecendo mais satisfeito do que preocupado.

— É meu passado. Ela está em...

— Pânico? Doente de amores por aquele pedaço de cavaleiro que não vale nem um tostão furado? É, meu bem, o Daniel desta vida deixava você mais tonta do que caça-níqueis em evento da terceira idade em um cassino. — Ele cruzou os braços e fez algo que Luce jamais tinha visto: fez os próprios olhos cintilarem em tom violeta. — Talvez eu apareça na Feira de São Valentim — disse ele com um tom enérgico afetado, em uma imitação extremamente simplificada de Daniel. — Ou talvez tenha coisas melhores para fazer, tipo detonar os perdedores com minha espada imensa...

— Não faça isso, Bill. — Luce balançou a cabeça, irritada. — Além disso, se Daniel não aparecer nesse evento de Dia dos Namorados é porque tem um bom motivo, tenho certeza.

— É. — O tom rouco voltou à voz de Bill. — Você sempre tem.

— Ele está tentando me proteger — argumentou ela, mas a voz saiu fraca.

— Ou a ele mesmo...

Luce revirou os olhos.

— Está bem, Bill, o que supostamente eu devo aprender nessa vida? Que você acha Daniel um canalha? Isso eu já saquei. Podemos seguir em frente?

— Não exatamente.

Bill voou até o chão e sentou-se ao lado dela.

— Na verdade, nesta vida estamos tirando umas férias da sua educação — explicou ele. — Baseado nessa sua língua ferina e nas bolsas embaixo dos meus olhos — ele esticou uma das mãos e exibiu uma dobra enrugada de pele, que soou como um saquinho de bolas de gude sendo sacudido —, eu diria que nós dois precisamos de um dia de folga. Então o trato é o seguinte: é Dia dos Namorados, ou uma forma antiga dele, pelo menos. Daniel é um cavaleiro, o que significa que ele pode escolher a qual festa ir. Ele pode honrar o banquete interminável dos nobres sancionado pela Igreja no castelo do seu senhor. — Bill balançou a cabeça na direção das torretas brancas que assomavam atrás deles. — Lógico, vai haver um belo assado de veado, talvez até com uma pitadinha de sal, mas é preciso ficar com o *clero*... então que raio de festa é essa?

Luce olhou de novo para o castelo de contos de fadas. Era ali que Daniel morava? Estaria ele em meio àquelas muralhas agora?

— Ou então — continuou Bill — ele pode curtir a festa *de verdade* que vai acontecer no gramado esta noite, aquela para as pessoas menos respeitáveis, onde rola cerveja como se fosse vinho e rola vinho como se fosse cerveja. Vai haver dança, comida e, mais importante de tudo, raparigas.

— Raparigas?

Bill agitou uma mãozinha minúscula no ar.

— Nada que deva te preocupar, meu bem. Daniel só tem olhos para uma rapariga em toda a Criação. Ou seja, você.

— Rapariga — repetiu Luce, olhando para suas roupas de algodão asperamente tecidas.

— Há uma certa rapariga perdida — disse Bill, cutucando Luce com o cotovelo — que vai estar lá na Feira à procura do seu gostosão no meio do povo através dos buracos de sua máscara pintada. — Ele deu um tapinha na bochecha dela. — Não parece superdivertido, irmãzinha?

— Não estou aqui para me divertir, Bill.

— Ah, você devia experimentar por uma noite. Quem sabe? Talvez acabe gostando. A maioria das pessoas gosta.

Luce engoliu em seco.

— Mas o que vai acontecer quando ele me encontrar? O que eu supostamente preciso aprender antes de arder em chamas, antes de...

— Calma lá! — gritou Bill. — Muita calma nessa hora, esquentadinha. Eu lhe disse: hoje o negócio se resume a se divertir. Um pouquinho de romance. Uma noite de folga — piscou ele — para nós dois.

— Mas e a maldição? Como posso deixar tudo de lado e comemorar o Dia dos Namorados?

Bill não respondeu imediatamente. Em vez disso, fez uma pausa pensativa e depois disse:

— E se eu lhe contasse que hoje, esta noite, é o único Dia dos Namorados que vocês dois conseguirão passar juntos?

As palavras atingiram Luce na mesma hora.

— O único? Nós... nunca comemoramos o Dia dos Namorados?

Bill balançou a cabeça.

— Depois de hoje? Não.

Luce se lembrou dos dias em Dover, de como ela e Callie viam algumas garotas ganharem corações de chocolate e rosas no Dia dos Namorados. As duas transformaram em tradição lamentar como eram solitárias enquanto tomavam milk-shakes de morango na lanchonete do bairro. Passavam horas imaginando as poucas chances de um dia terem um encontro romântico no Dia dos Namorados.

Ela riu. Aquilo não estava muito longe da verdade: Luce jamais passara um Dia dos Namorados com Daniel.

E agora Bill estava lhe dizendo que esta noite seria o único que ela teria.

A busca de Luce pelos Anunciadores, todos os esforços para quebrar a maldição e descobrir o que havia por trás de todas as suas reencarnações, descobrir como pôr um fim naquele ciclo interminável... sim, tudo aquilo era importante. Claro que era.

Mas será que o mundo iria acabar caso ela desfrutasse dessa *única vez* com Daniel?

Ela inclinou a cabeça para Bill.

— Por que você está fazendo isso por mim? — perguntou ela.

Bill deu de ombros.

— Sei lá. Tenho um coração, uma queda por...

— Pelo quê? Pelo *Dia dos Namorados?* Por que será que eu não caio nessa história?

— Até mesmo eu um dia amei e perdi o meu amor. — Então, pelo mais breve dos momentos, a gárgula pareceu melancólica e triste. Bill olhou para ela e fungou.

Luce deu risada.

— Está bem — disse ela. — Eu fico. Só esta noite.

— Ótimo. — Bill se aprumou e apontou para uma garra encarquilhada ao fim da alameda. — Agora vá, divirta-se. — Ele piscou. — Bom, na verdade, troque de vestido. *Depois* divirta-se.

DOIS

UMA ALMA EM CONFLITO

Horas depois, Luce apoiava os cotovelos no parapeito da pequena janela de pedra.

A vila parecia diferente dali do alto do segundo andar: um labirinto de edifícios de pedra interconectados, com tetos com cobertura de palha aqui e ali dentro de algo que parecia um complexo de apartamentos medieval.

No fim daquela tarde, muitas das janelas, incluindo aquela por onde Luce estava olhando para fora, estavam enfeitadas com vinhas verde escuras de hera ou ramos densos de azevinho entrelaçados em grinaldas. Havia sinais da Feira que se organizava em frente à cidade naquela noite.

Dia dos Namorados, pensou Luce. Pôde sentir o medo de Lucinda daquele dia.

Depois que Bill desapareceu no interior do castelo, para sua misteriosa "noite de folga", as coisas aconteceram muito rapidamente: ela vagou pela cidade, até que uma garota poucos anos mais velha do que ela apareceu do nada para levar Luce por um lance de escadas úmidas até uma pequena casa de dois cômodos.

— Afasta-te dessa janela, irmã — gritou uma voz alta pela sala. — Estás deixando entrar a corrente de ar de São Valentim!

A garota era Helen, irmã mais velha de Lucinda, e a pequena casa enfumaçada de dois cômodos era onde ela e a família moravam. As paredes cinzentas da câmara eram nuas e a única mobília consistia em um banco comprido de madeira, uma mesa sobre cavaletes e a pilha de paletes onde a família dormia. O chão estava coberto por palha áspera salpicada de lavanda, em uma tentativa quase inútil de purificar o ar do cheiro ruim das velas de sebo que eles usavam como iluminação.

— Só um instante — gritou Luce de volta. A minúscula janelinha era o único lugar onde ela não se sentia melancólica.

No fim da alameda, à direita, estava o mercado que ela vislumbrara antes, e, caso se inclinasse o bastante, podia ver uma fatia do castelo de pedras brancas.

Aquela minúscula visão perturbadora assombrava Lucinda, Luce sentiu isso através da alma que elas compartilhavam, porque na noite em que Lucinda encontrou Daniel no roseiral pela primeira vez, ela havia voltado para casa e coincidentemente o vira olhando pensativo pela janela da torre mais alta. Desde então, ela o procurava ali sempre que tinha chance, porém ele jamais aparecera novamente.

Outra voz sussurrou:

— Por que ela fica ali olhando tanto tempo? O que pode ser tão interessante?

— Só o bom Deus sabe — respondeu Helen, suspirando. — Minha irmã é repleta de sonhos.

Luce virou-se devagar. Nunca sentira seu corpo tão estranho. A parte que pertencia à Lucinda medieval era murcha e letárgica, esmagada pelo amor que tinha certeza haver perdido. A parte que pertencia a Lucinda Price se aferrava à ideia de que talvez ainda houvesse uma chance.

Era uma luta realizar mesmo o mais simples dos atos, como conversar com as três garotas diante de si, com expressões alarmadas retorcendo seus belos rostos.

A mais alta, a do meio, era Helen, a única irmã de Lucinda e a mais velha dos cinco filhos da família. Ela havia acabado de se casar e, como se para prová-lo, seu cabelo loiro espesso estava dividido em duas tranças e preso em um coque estilo matrona.

Ao lado de Helen estava Laura, sua jovem vizinha, que, percebeu Luce, era a garota sobre quem as duas mulheres estavam fofocando enquanto prendiam as roupas no varal. Embora Laura tivesse apenas 12 anos, era impressionantemente linda: loira com enormes olhos azuis e uma risada alta e atrevida que podia ser ouvida do outro lado da cidade.

E havia ainda Eleanor, a amiga mais próxima e mais antiga de Lucinda. As duas haviam sido criadas usando as roupas uma da outra, como irmãs. Também brigavam como irmãs. Eleanor tinha um lado direto, sempre fatiando os devaneios da sonhadora Lucinda com algum comentário cortante. Porém, tinha a habilidade de fazer Lucinda voltar à realidade, e amava a amiga profundamente. Não era tão diferente da sua amizade com Shelby nos dias atuais, percebeu Luce.

— E então? — perguntou Eleanor.

— E então o quê? — perguntou Lucinda, assustada. — Não fiquem me olhando todas ao mesmo tempo!

— Acabamos de te perguntar três vezes que máscara vais usar esta noite. — Eleanor sacudiu três máscaras de cores vivas diante do rosto de Lucinda. — Rogo-te, acaba logo com o suspense!

Eram máscaras de couro simples, feitas apenas para cobrir os olhos e o nariz e que se amarravam à nuca com um cordão de seda fino. As três máscaras eram revestidas do mesmo tecido áspero, mas cada uma tinha sido pintada com uma estampa diferente: uma era vermelha com florzinhas pretas, outra era verde com botõezinhos de flor brancos delicados, e a outra cor de marfim com rosinhas claras perto dos olhos.

— Ela olha como se não visse essas mesmas máscaras todos os anos há cinco anos, desde que começamos a ir mascaradas! — murmurou Eleanor a Helen.

— Ela tem o dom de ver as coisas antigas de um jeito novo — disse Helen.

Luce tremeu, embora o quarto estivesse mais quente do que já estivera na maior parte dos meses de inverno. Em troca dos ovos que os cidadãos haviam oferecido como presente para o senhor, ele presenteara cada lar com um pequeno feixe de madeira de cedro para lenha. Portanto a lareira estava acesa e viva, conferindo um rubor saudável às faces das garotas.

Daniel tinha sido o cavaleiro designado para reunir os ovos e distribuir a lenha. Havia entrado por aquela porta com segurança, depois recuara aos tropeços ao ver Lucinda ali dentro. Foi a última vez que a Lucinda medieval o vira, e depois de meses de momentos juntos às escondidas na floresta, o eu do passado de Luce tinha certeza de que jamais tornaria a ver Daniel.

Mas por quê?, Luce se perguntava agora.

Luce sentiu a vergonha que Lucinda também sentiu das acomodações humildes da família, mas aquilo não parecia certo.

Daniel não se importaria com o fato de Lucinda ser filha de um camponês. Ele sabia que ela sempre seria muito mais do que isso. Devia ter sido outra coisa, algo que Lucinda não conseguia perceber com clareza porque estava triste demais. Luce, porém, podia ajudá-la: a encontrar Daniel e a tê-lo de volta, pelo menos pelo tempo de vida que ela ainda possuía.

— Acho que a cor de marfim ficaria bem em ti, Lucinda — sugeriu Laura, tentando ajudar.

Luce, contudo, não conseguia se obrigar a dar importância às máscaras.

— Ah, qualquer uma está boa. Talvez a cor de marfim combine com meu vestido. — Ela puxou sem vontade o tecido drapeado do modelo de lã desgastado.

As garotas explodiram na risada.

— Tu não vais usar *esse* vestido comum, não? — ofegou Laura. — Todas nós vamos vestidas com o que temos de melhor! — Ela caiu dramaticamente no banco de madeira perto do fogo. — Oh, eu jamais quereria me apaixonar usando meu terrível vestido de terça-feira!

Uma lembrança surgiu na mente de Luce: Lucinda havia se disfarçado de dama com o seu único vestido bonito e entrara escondida no roseiral do castelo. Foi ali que encontrara Daniel pela primeira vez nesta vida. Foi por isso que o romance dos dois parecera uma traição desde o início. Daniel havia achado que Lucinda era mais do que a filha de um camponês.

Era por isso que a ideia de tornar a usar aquele belo vestido vermelho novamente e fingir alegria em um festival era uma perspectiva atroz para Lucinda.

Só que Luce conhecia Daniel melhor do que Lucinda. Se ele tivesse uma oportunidade de passar o Dia dos Namorados com ela, ele a agarraria.

Claro, ela não explicaria esse tormento interior para as outras garotas. Tudo o que podia fazer era virar-se e enxugar sutilmente as lágrimas com o dorso da mão.

— Ela dá a impressão de já ter encontrado o amor e este parece tê-la tratado mal — sussurrou Helen.

— Eu digo que, se o amor é rude contigo, seja rude com o amor! — disse Eleanor do seu jeito mandão. — Pise na tristeza com sapatos de dança!

— Ah, Eleanor — Luce se ouviu dizer. — Tu não entenderias.

— E *tu* entendes? — riu Eleanor. — Tu, a garota que não quis nem mesmo colocar o nome na Urna do Cupido?

— Ah, Lucinda! — Laura colocou as mãos em concha sobre a boca. — Por que não? Eu daria tudo para mamãe deixar colocar meu nome na Urna do Cupido!

— E foi por isso que *eu* fui obrigada a jogar o nome dela ali! — gritou Eleanor, puxando a cauda do vestido de Luce pela sala, e a fazendo girar em círculos.

Depois de uma perseguição que derrubou o banco de madeira e a vela de sebo na beirada da janela, Luce agarrou a mão de Eleanor.

— Tu não fizeste isso!

— Ah, um pouco de diversão te fará bem! Quero ver-te dançando esta noite, animada com o restante dos mascarados. Vamos agora, ajude-me a escolher uma máscara. Que cor faz meu nariz parecer menor, rosa ou verde? Talvez eu devesse enganar um homem para que me amasse!

O rosto de Luce queimava de vergonha. A Urna do Cupido! O que aquilo teria a ver com o Dia dos Namorados ao lado de Daniel?

Antes que ela pudesse falar, do nada, apareceu o vestido de festa de Luce: um longo de lã vermelha, adornado com uma gola estreita de pelo de lontra. Tinha um decote maior do que qualquer coisa que Luce usaria na sua cidade na Geórgia; se Bill estivesse ali para vê-la, provavelmente resmungaria um "Oba-oba!" ao ouvido dela.

Luce sentou-se imóvel enquanto os dedos de Helen trançavam um ramo de frutos de azevinho em seus cabelos negros soltos. Ela estava pensando em Daniel, no modo como os olhos dele haviam brilhado no roseiral quando se aproximou de Lucinda pela primeira vez...

Uma batida assustou a todas; à porta, surgiu o rosto de uma mulher. Luce a reconheceu na mesma hora: era a mãe de Lucinda.

Sem pensar, correu para a segurança cálida dos braços da mãe. Eles se fecharam ao redor dos seus ombros, com força e afeição. Era a primeira das vidas que Luce visitava em que sentia uma conexão forte com a mãe. Aquilo a fez sentir-se alegre e com saudades de casa ao mesmo tempo.

Em sua casa em Thunderbolt, Geórgia, Luce tentava agir de modo maduro e autossuficiente sempre que podia. Com Lucinda se dava o mesmo, percebeu Luce. Porém, em momentos como aquele (quando a aflição fazia o mundo inteiro perder a alegria), nada adiantava a não ser o conforto do abraço de uma mãe.

— Minhas filhas, tão belas e crescidas, me fazeis sentir mais velha do que sou! — A mãe ria enquanto corria os dedos pelo cabelo de Luce. Ela era dona de olhos castanhos bondosos e sua fisionomia era suave e expressiva.

— Oh, mamãe — disse Luce com o rosto apoiado contra o ombro da mãe. Estava pensando em Doreen Price e tentando não chorar.

— Mamãe, conta de novo como a senhora conheceu papai na Feira de São Valentim — pediu Helen.

— Ah, essa velha história de novo não! — gemeu a mãe, mas as garotas já podiam ver a história se formando nos olhos dela.

— Sim! Sim! — entoaram todas as garotas.

— Ora, eu era mais jovem do que Lucinda quando fui mãe — começou sua voz chorosa. — Minha mãe me fez usar a máscara que ela havia usado anos antes e me deu o seguinte conselho à porta: "Sorria, filha, os homens gostam das moças alegres. Procure noites felizes para ter dias felizes..."

Enquanto a mãe mergulhava em sua história de amor, Luce flagrava os próprios olhos fugindo na direção da janela, imaginando as torretas do castelo e a visão de Daniel olhando pela janela... procurando por ela?

Depois do fim da história, a mãe retirou algo da bolsa amarrada à cintura e entregou a Luce com uma piscadela maliciosa.

— Para ti — sussurrou ela.

Era um pequenino pacote de tecido amarrado com barbante. Luce foi até a janela e cuidadosamente o abriu. Seus dedos tremeram ao soltar o barbante.

Dentro havia um guardanapo de renda em formato de coração mais ou menos do tamanho de seu punho. Alguém havia escrito as seguintes palavras com o que, para Luce, pareceu ser caneta azul:

> *Rosas são vermelhas,*
> *Violetas são azuis,*
> *Você pode não saber*
> *Mas alguém ama você.*
>   *Vou te procurar esta noite.*
>   *Com amor, Daniel*

Luce quase explodiu na gargalhada. Isso era algo que o Daniel que ela conhecia *nunca* iria escrever. Com toda certeza havia outra pessoa por trás daquilo. Bill?

Porém, para a parte de Luce que era Lucinda, as palavras eram um caos de rabiscos. Ela não sabia ler, percebeu Luce. Entretanto, como o significado do poema foi processado por Luce, pôde sentir uma compreensão emergir em Lucinda. Seu eu do passado achou aquele poema o mais cativante e original do mundo.

Ela iria ao festival e encontraria Daniel. Iria mostrar a Lucinda o quão poderoso o amor deles poderia ser.

Naquela noite haveria dança. Naquela noite a mágica estaria no ar. E, mesmo que fosse a única vez que aquilo acontecesse na longa história de Daniel e Lucinda, naquela noite haveria a alegria especial de passar o Dia dos Namorados com o homem que ela amava.

TRÊS

PRAZER NA DESORDEM

— Eleanor! — gritou Luce por sobre uma densa multidão de dançarinos enquanto a amiga saltitava por uma fila animada de uma jiga. Mas Eleanor não a ouviu.

Era difícil dizer se a voz de Luce foi abafada pelas vaias da multidão a um show de marionetes que acontecia em um dos palcos móveis montado na extremidade oeste da pista de dança para as pessoas famintas e estridentes que faziam fila nas longas mesas de comida a leste do gramado. Ou se era apenas o rebuliço do mar de dançarinos no meio, que pulavam, giravam e rodopiavam com abandono romântico e despreocupado.

A impressão que se tinha é que os dançarinos na Feira de São Valentim não estavam apenas dançando, mas também berrando, gargalhando, cantando versos de músicas de trovador em voz alta e gritando com amigos que estavam do outro lado da pista de dança enlameada. Estavam fazendo tudo ao mesmo tempo. E tudo a plenos pulmões.

Eleanor não conseguia ouvir Luce, girando enquanto dava passos de dança por todo o gramado. Luce não teve escolha senão virar-se para seu parceiro de dança desajeitado e fazer uma reverência.

Ele era um homem magricela mais velho com bochechas chupadas e lábios de forma esquisita, cujos ombros encurvados davam a impressão de que ele desejava se esconder atrás da máscara de cara de lince, pequena demais.

E contudo Lucinda não se importava. Ela não conseguia se lembrar de ter se divertido tanto dançando. Todos dançavam desde que o sol beijara o horizonte; agora as estrelas cintilavam como uma armadura no céu. Havia sempre tantas estrelas nos céus do passado. Apesar de a noite estar fria, o rosto de Luce estava afogueado, e a testa, úmida de transpiração. Quando a canção se aproximava do fim, ela agradeceu ao parceiro e saiu de lado, entrando em uma fila de dançarinos, ansiosa para escapar.

Porque apesar das alegrias de dançar sob as estrelas, Luce não tinha se esquecido do verdadeiro motivo pelo qual estava ali.

Ela olhou pelo gramado e teve medo de que, mesmo que Daniel estivesse ali em algum lugar, ela jamais conseguisse encontrá-lo. Quatro trovadores com roupas de bufões estavam reunidos em um estrado bambo na extremidade norte do gramado, dedilhando alaúdes e liras para tocar uma canção tão doce quanto uma balada dos Beatles. Nas festas da escola, eram essas músicas lentas que faziam as meninas solteiras, incluindo Luce, ficarem meio ansiosas, mas lá os movimentos faziam parte das músicas e ninguém jamais ficava sem parceiro. Era só agarrar o corpo quente mais próximo, para o bem ou para o mal, e pronto, você dançava. Uma jiga saltitante com um parceiro, uma dança circular em grupos de oito com outro. Luce sentia que Lucinda tinha conhecimento nato de alguns dos passos; o restante era fácil aprender.

Ah, se Daniel estivesse aqui...

Luce se afastou até o fim do gramado, dando uma pausa. Analisou os vestidos das mulheres. Pelos padrões modernos, não eram bonitos, mas elas os usavam com tanto orgulho que eles pareciam tão elegantes quanto qualquer um dos vestidos belíssimos que ela vira em Versalhes. Muitos eram de lã; alguns tinham detalhes de linho ou algodão costurados na gola ou na barra. A maioria das pessoas da cidade só possuía um par de sapatos, portanto as botas gastas de couro abundavam, mas Luce rapidamente se deu conta de como era bem mais fácil dançar com elas do que com sapatos de salto alto que lhe machucavam os pés.

Os homens conseguiam parecer elegantes em suas melhores calças. A maioria usava uma túnica de lã comprida por cima, para se aquecer. Os capuzes eram atirados para trás sobre os ombros; a temperatura naquela noite não estava abaixo de zero, era quase amena. A maioria das máscaras de couro exibia pinturas que imitavam as caras de animais selvagens, complementando os motivos florais das máscaras das damas. Alguns poucos homens usavam luvas, que pareciam ter custado caro, mas a maior parte das mãos que Luce tocou naquela noite estava fria, rachada e vermelha.

Gatos observavam tudo das estradas de terra ao redor do gramado. Cães farejavam em busca de seus donos por entre a confusão de corpos. O ar cheirava a pinho, suor, velas de cera de abelhas e ao odor adocicado de bolo de gengibre saído do forno.

Quando a canção seguinte chegou ao fim, Luce avistou Eleanor, que pareceu feliz por ser arrancada dos braços de um garoto cuja máscara vermelha estava pintada com a cara de uma raposa.

— Onde está Laura?

Eleanor apontou em direção a um grupo de árvores, onde a jovem amiga estava inclinada perto de um garoto que elas não reconheceram, sussurrando algo. Ele estava lhe mostrando um livro, gesticulando no ar. Ele dava a impressão de se importar muito com o próprio cabelo e usava uma máscara que se assemelhava à cara de um coelho.

As garotas deram uma risadinha juntas enquanto abriam caminho pela multidão. Lá estava Helen, sentada com seu marido em um cobertor de lã estendido sobre a grama. Os dois estavam dividindo uma caneca de madeira de cidra fumegante e rindo à toa de alguma coisa, o que fez Luce sentir saudades de Daniel outra vez.

Havia pessoas apaixonadas por toda parte. Até mesmo os pais de Lucinda tinham ido à feira. A barba branca e eriçada do pai arranhava o rosto da mãe enquanto eles dançavam quadrilha na grama.

Luce suspirou, depois tocou o guardanapo de renda no bolso.

Rosas são vermelhas, violetas são azuis, se não foi Daniel que escreveu essas palavras, então quem?

Na última vez que ela recebera um bilhete supostamente de Daniel, tinha sido uma armadilha dos Párias...

E Cam a salvou.

O calor subiu pela nuca de Luce. Será que era uma armadilha? Bill dissera que era apenas uma festa de Dia dos Namorados. Ele havia se esforçado tanto para ajudá-la em sua busca que não a deixaria sozinha assim caso houvesse algum perigo real. Certo?

Luce afastou aquele pensamento. Bill dissera que Daniel estaria ali, e Luce acreditava nele. Porém a espera a estava matando.

Ela seguiu Eleanor em direção a uma mesa comprida que fora disposta com pratos e tigelas de comida simples, no estilo "cada um traz uma coisa". Havia pato fatiado servido sobre repolho, lebres inteiras que haviam sido assadas em espetos, caldeirões de minicouve-flores com molho cor de laranja vibrante, pilhas altas de peras, maçãs e groselhas secas colhidas das florestas ao redor e uma mesa de madeira comprida inteira repleta de tortas de frutas e de carne meio disforme e parcialmente queimada.

Ela observou um homem tirar uma faca da bainha na cintura e cortar para si um pedaço generoso de torta. Quando ela estava saindo para ir à feira aquela noite, a mãe de Luce lhe entregou uma colher de madeira rasa, que ela amarrara com um cordão de lã em volta da cintura. Aquela gente estava preparada para comer, consertar e lutar da mesma maneira que Luce estava preparada para amar.

Eleanor ressurgiu ao lado de Luce e ergueu uma tigela de mingau sob o nariz dela.

— Tem geleia de groselha por cima — disse Eleanor. — A sua preferida.

Quando Luce mergulhou a colher no mingau espesso, um aroma saboroso subiu e a deixou com água na boca. O mingau era quente, substancioso e delicioso, exatamente aquilo de que precisava para se animar para outra dança. Antes que percebesse, já tinha comido tudo.

Eleanor olhou para a tigela vazia, surpresa.

— Dançar abriu seu apetite, hein?

Luce assentiu, sentindo-se aquecida e satisfeita. Então notou dois clérigos de hábito marrom afastados da multidão sentados em um banco de madeira sob um olmo. Nenhum deles estava tomando parte das festividades; na verdade, pareciam mais acompanhantes do que farristas, porém o mais jovem mexia o pé seguindo o ritmo, enquanto o outro, que tinha um rosto enrugado, observava as pessoas de um jeito sombrio.

— O Senhor vê e ouve esta libertinagem lasciva perpetrada tão perto da Sua casa — escarneceu o homem de rosto enrugado.

— E mais perto ainda. — O outro clérigo riu. — Tu te lembras, Mestre Docket, de quanto ouro da Igreja foi para o banquete de São Valentim de Sua Nobreza, o Lorde? Custou o quê, vinte peças de ouro aquele veado? As festividades dessa gente não custam nada além da energia para dançar. E eles dançam como anjos.

Se apenas Luce pudesse ver seu anjo dançando na direção dela agora...

— Anjos que irão dormir no horário de trabalho amanhã, guarde minhas palavras, Mestre Herrick.

— Não consegues ver a alegria nestes rostos jovens? — Os olhos do vigário mais jovem varreram o gramado, encontraram os de Luce do outro lado e se iluminaram.

Ela se viu retribuindo o sorriso por trás da máscara, porém sua alegria naquela noite seria bastante ampliada caso pudesse estar ali nos braços de Daniel. De outro modo, qual seria o sentido de tirar aquela noite romântica de folga?

Parecia que Luce e o vigário de rosto enrugado eram as únicas duas pessoas que *não* estavam desfrutando do baile de máscaras. Em geral, Luce adorava uma boa festa, mas naquele momento tudo o que desejava era arrancar as máscaras do rosto de todo garoto que passava. E se ele já houvesse passado despercebido por ela no meio da multidão? Como saberia se o Daniel deste tempo sequer estaria procurando por ela?

Ela encarou com tanta ousadia um garoto loiro alto cuja máscara o fazia parecer uma águia, que ele passou saltitando pela barraca do construtor de brinquedos e pelo show de marionetes para ficar ao lado dela.

— Devo apresentar-me ou tu preferes apenas continuar olhando? — A voz zombeteira dele não parecia nem familiar, nem desconhecida.

Por um instante, Luce prendeu a respiração.

Ela imaginou o êxtase das mãos dele ao redor da própria cintura... a forma como ele sempre a inclinava para trás antes de um beijo... desejou tocar o lugar onde as asas desabrochavam nos ombros dele, a cicatriz secreta que ninguém conhecia, a não ser ela...

Quando ela esticou o braço para levantar a máscara dele, o garoto sorriu perante a ousadia dela, mas o sorriso desapareceu tão rapidamente quanto o de Luce quando ela viu o rosto dele.

Ele era perfeitamente belo; havia apenas um problema: não era Daniel. E portanto cada aspecto daquele garoto, desde seu nariz quadrado até seu maxilar marcante e seus olhos de puro cinza, empalidecia em comparação ao garoto que Luce tinha em mente. Ela deixou escapar um longo e triste suspiro.

O garoto não conseguiu esconder seu constrangimento. Ele tentou buscar o que dizer, depois deslizou a máscara para cobrir o rosto de volta, fazendo Luce sentir-se péssima.

— Desculpe — disse ela, recuando depressa. — Eu confundi você com outra pessoa.

Por sorte, ao andar para trás ela trombou com Laura, cujo rosto, ao contrário do de Lucinda, estava alegre graças à magia daquela noite.

— Oh, espero que eles tragam a Urna do Cupido logo! — sussurrou Laura, saltitando e arrastando Luce misericordiosamente para longe do garoto águia.

— Tu colocaste teu nome lá escondida, no fim das contas? — perguntou Luce, conseguindo dar um sorriso.

Laura balançou a cabeça.

— Mamãe me mataria!

— Não vai demorar muito. — Eleanor apareceu ao lado das duas. Parecia nervosa. Ela era confiante em relação a tudo, menos aos garotos. — Eles vão trazer a urna ao ressoar seguinte dos sinos da igreja, para dar aos novos possíveis casais a chance de dançarem. Talvez de se beijarem, caso tenham sorte.

O ressoar seguinte dos sinos. Para Luce, parecia que os sinos das oito horas tinham acabado de soar, mas ela estava convicta de que o tempo devia estar voando mais rapidamente do que percebia. Seriam já quase nove horas? O tempo que tinha para ficar com Daniel estava se esgotando, depressa, e ficar ao redor analisando obsessivamente a galeria de máscaras não estava ajudando em nada. Nenhum daqueles olhos cintilava violeta por trás do visor.

Ela precisava agir. Algo lhe dizia que teria mais sorte na pista de dança.

— Vamos dançar de novo? — perguntou ela às meninas, puxando-as de volta para a multidão.

※ ※

Os festeiros haviam pisoteado a grama até transformá-la em um chão todo enlameado. Os arranjos musicais haviam se tornado mais intrincados, uma valsa rápida, e as danças também mudaram.

Luce seguia os passos leves e velozes, pegando os movimentos mais complicados de braços enquanto ia dançando: palma com palma com o cavalheiro à frente, uma reverência simples e depois diversos pulinhos em um círculo amplo ao redor do parceiro para ficar de frente para o outro lado; em seguida uma troca de lugar com a garota à esquerda. Depois palma com palma com o rapaz seguinte e a coisa toda se repetia.

Na metade da canção, Luce estava sem fôlego e dando risadinhas quando parou diante de seu novo parceiro. Seus pés subitamente pareceram soldados na lama.

Ele era alto e esguio, e usava uma máscara com pintas de leopardo. O design era exótico para Lucinda: não havia leopardos nas florestas ao redor da cidade dela. Era com certeza a máscara mais elegante que tinha visto na festa. O homem estendeu as mãos enluvadas e, quando Luce deslizou as suas cautelosamente para segurá-las, o toque dele foi firme, quase possessivo. Por trás dos buracos ao redor dos olhos do leopardo veio um brilho suave, enquanto pupilas verde-esmeralda sustentavam as dela.

QUATRO

UMA CONSEQUÊNCIA AINDA PENDENTE NAS ESTRELAS

— Boa noite, dama. Como danças com agilidade. Como um anjo.

Os lábios de Luce se entreabriram para responder, mas a voz ficou presa na garganta.

Por que Cam tinha que dar as caras naquela festa?

— Boa noite, senhor — respondeu Luce com um tremor na voz.

Depois de tanto dançar, seu rosto estava todo corado, suas tranças haviam se soltado e uma das mangas do vestido havia deslizado pelo ombro. Ela conseguia sentir o olhar de Cam na pele nua. Luce esticou a mão para endireitar a manga, mas a mão enluvada dele cruzou a dela para impedi-la.

— Ah, que desordem mais doce no seu vestido. — Ele deslizou um dedo pela clavícula dela, e ela estremeceu. — Como inspira a imaginação de um homem.

O tom da canção mudou, uma deixa para que os dançarinos trocassem de par. Os dedos de Cam abandonaram a pele dela, mas o coração de Luce ainda batia com força enquanto eles se afastavam um do outro, dançando.

Ela observava Cam com o canto do olho. Ele a observava. Ela sabia de algum modo que aquele não era o Cam do presente perseguindo-a através dos tempos. Era o Cam que vivia e respirava o ar medieval.

Ele era de longe o dançarino mais elegante do gramado. Havia uma qualidade etérea em seus passos que não passava despercebida pelas damas. Pela atenção que ele recebia, Luce percebeu que ele não era daquela cidade. Viera especialmente para a Feira de São Valentim. Mas por quê?

Então estavam em par novamente. Estaria ela ainda dançando? Seu corpo parecia rígido e travado. Até mesmo a música parecia gaguejar em uma batida intermediária infinita, fazendo Luce ter medo de que ela e Cam tivessem que permanecer enraizados em seus lugares, olhando para sempre nos olhos um do outro.

— Está tudo bem, senhor? — Luce não esperava dizer aquilo, mas havia algo estranho na expressão dele.

Era um ar sombrio que nem mesmo a máscara conseguia esconder. Não era o ar sombrio da maldade, nem o modo aterrorizante como ele havia aparecido no cemitério na Sword & Cross. Não, esta alma de Cam estava mutilada pela tristeza profunda.

O que poderia ter provocado aquilo nele?

Os olhos de Cam se estreitaram, como se ele tivesse percebido os pensamentos dela, e algo no seu rosto mudou.

— Nunca estive melhor. — Cam inclinou a cabeça. — É contigo que estou preocupado, Lucinda.

— *Comigo?*

Lucinda tentou com todas as forças não demonstrar como ele a afetava. Desejou ter um tipo completamente diferente de máscara, do tipo invisível, para impedir que ele voltasse a pensar que sabia a forma que ela estava se sentindo.

Ele ergueu a máscara até a testa.

— Estás envolvida em uma empreitada impossível. Vais acabar de coração partido e sozinha, a menos que...

— A menos que o quê?

Ele balançou a cabeça.

— Há tanta escuridão em ti, Lucinda. — A máscara de leopardo voltou a se abaixar. — Gira, gira...

A voz dele ficou no ar enquanto ele se afastava dançando. Pela primeira vez, Luce ainda tinha o que conversar com Cam.

— Espera!

Porém, Cam sumiu no meio da dança.

Ele estava caminhando em círculos lentos com uma nova parceira. Laura. Cam murmurou algo ao ouvido da garota inocente, e ela atirou a cabeça para trás e riu. Luce fumegou de raiva. Desejava arrancar a simples e vibrante Laura para longe da escuridão de Cam. Desejava agarrá-lo e obrigá-lo a se explicar. Desejava ter uma conversa do jeito dela, não em intervalos momentâneos e melodramáticos entre um passo e outro de jiga no meio de um festival público na Idade Média.

Lá estava ele de novo, vindo na direção dela com perfeito controle dos passos, como se influenciasse o ritmo da música. Luce não poderia estar se sentindo mais fora de controle. Exatamente quando ele estava prestes a ficar diante dela de novo, um homem loiro alto vestido todo de preto o empurrou para o lado com destreza. Postou-se na frente dela e não fingiu dançar.

— Olá.

Ela engoliu o ar com dificuldade.

— Olá.

Alto, forte e misterioso, além de qualquer possibilidade. Ela o reconheceria em qualquer lugar. Estendeu o braço na direção dele, desesperada para sentir uma conexão, para sentir o mais doce rubor ao tocar a pele do seu verdadeiro amor...

Daniel.

Exatamente quando a música estava prestes a ditar que eles mudassem de parceiros, ela desacelerou (como que em um passe de mágica) e se metamorfoseou em algo lento e belo.

As chamas das velas posicionadas ao redor da Feira tremularam contra o céu escuro, e o mundo inteiro pareceu conter a respiração. Luce encarou profundamente os olhos de Daniel, e todo o movimento e as cores ao redor dele desapareceram.

Ela o havia encontrado.

Os braços dele vieram na direção dela, envolvendo-lhe a cintura enquanto o corpo de Luce se fundia ao dele, vibrando com o êxtase daquele toque. Então ela estava nos braços de Daniel e não havia nada tão maravilhoso em todo o mundo quanto dançar com seu anjo. Os pés dos dois beijavam o chão com a leveza dos passos. O voo era tão óbvio e inato no corpo de Daniel. Ela também sentia no coração a esperança e a alegria de viver, coisa que só sentia quando Daniel estava por perto.

Não havia nada tão lindo... a não ser talvez o beijo dele.

Os lábios dela se entreabriram em expectativa, mas Daniel apenas a observou, sorvendo-a com os olhos.

— Achei que você jamais viria — disse ela.

Luce pensou na fuga pelos Anunciadores em seu quintal, na perseguição através das vidas passadas e em ver a si mesma ser consumida pelo fogo, nas brigas que ela e Daniel tiveram no que dizia respeito a mantê-la em segurança e viva. Às vezes era fácil se esquecer de como era bom quando estavam juntos. De como ele era adorável, de como era gentil, de como estar com ele a fazia ter a sensação de voar.

Só de olhar para ele os pelinhos dos braços dela se arrepiavam, o estômago se revirava com uma energia de nervoso. E aquilo não era nada em comparação ao que o beijo dele a fazia sentir.

Ele levantou a máscara e abraçou Luce com tanta força que ela não conseguiu se mexer. E nem queria. Ela estudou cada detalhe adorável do rosto dele, deixando os olhos se demorarem mais na curva suave dos lábios de Daniel. Depois de tanta expectativa, simplesmente não conseguia acreditar. Era mesmo ele!

— Eu sempre voltarei para você. — Os olhos dele a mantiveram em um transe. — Nada pode me impedir.

Luce se ergueu na ponta dos pés, desesperada para beijá-lo, mas Daniel pressionou um dedo nos lábios dela e sorriu.

— Venha comigo — sussurrou ele, segurando a mão dela.

Daniel a conduziu para além do gramado, além do círculo de carvalhos que rodeava os festejadores. A grama alta fazia cócegas nos tornozelos de Luce e a lua iluminava o caminho até eles entrarem na escuridão fria da floresta. Ali Daniel pegou uma lanterna pequena e brilhante, como se tudo aquilo fizesse parte do seu plano.

— Para onde vamos? — perguntou ela, embora na verdade aquilo não tivesse importância, desde que os dois continuassem juntos.

Daniel apenas balançou a cabeça e sorriu, estendendo uma das mãos para ajudá-la a pular um galho caído que bloqueava a passagem.

Enquanto eles caminhavam, a música ia sumindo à distância até ficar imperceptível, misturada ao piar baixo das corujas, ao farfalhar dos esquilos nos galhos das árvores e à canção suave dos rouxinóis. A lanterna oscilava no braço de Daniel e a luz oscilava, indo até a teia de galhos nus que se curvavam na direção deles. Antes Luce teria ficado nervosa por causa das sombras da floresta, mas aquilo parecia ser há milênios.

Enquanto caminhavam de mãos dadas, Luce e Daniel seguiam uma trilha estreita de cascalho. A noite esfriava e ela se inclinava para perto dele a fim de se aquecer, enterrando-se nos braços que ele havia posicionado em torno do corpo dela.

Quando chegaram a uma encruzilhada, Daniel fez uma pausa, quase como se tivesse perdido o caminho. Depois, virou-se para olhá-la.

— Eu deveria me explicar — disse ele. — Eu lhe devo um presente de Dia dos Namorados.

Luce riu.

— Você não me deve nada. Eu só quero ficar com você.

— Ah, mas eu recebi seu presente...

— *Meu* presente? — Ela o olhou, surpresa.

— E me emocionou muitíssimo. — Ele estendeu o braço para tocar a mão dela. — Eu deveria pedir desculpas se um dia a fiz duvidar do meu afeto. Até ontem, não achava que conseguiria encontrá-la aqui esta noite.

Um corvo gralhou, voou sobre eles e pousou em um galho trêmulo acima de suas cabeças.

— Mas então chegou um mensageiro e deu a todos os cavaleiros sob meus cuidados orientações severas para comparecer à

Feira. Temo ter cavalgado meu cavalo até quase a exaustão na pressa de encontrar você aqui esta noite. É que eu estava com tanta ansiedade para retribuir seu presente tão carinhoso.

— Mas Daniel, eu não...

— Obrigado, Lucinda.

Então ele sacou uma bainha de couro que parecia conter uma adaga. Luce tentou não parecer espantada demais, mas ela jamais havia visto aquilo na vida.

— Oh. — Ela riu baixinho e tocou o guardanapo de renda em seu bolso. — Você já teve a sensação de que alguém nos observa?

Ele sorriu e disse:

— O tempo todo.

— Talvez sejam nossos anjos da guarda — murmurou Luce, brincando.

— Talvez — concordou Daniel. — Mas, por sorte, agora acho que somos só eu e você.

Ele a conduziu pela trilha da esquerda; eles deram mais alguns passos, depois viraram à direita e passaram por um carvalho torto. Na escuridão Luce pôde perceber uma pequena clareira circular, onde um enorme carvalho devia ter sido derrubado. O toco estava no meio da clareira, e algo havia sido colocado sobre ele, mas Luce ainda não conseguia ver o que era.

— Feche os olhos — pediu ele e, quando ela obedeceu, sentiu a lanterna sendo movida para longe. Ela o ouviu andando pela clareira e por pouco não abriu os olhos para espiar escondido, porém conseguiu se controlar, desejando vivenciar a surpresa exatamente como Daniel havia imaginado.

Depois de um instante, um cheiro familiar tomou conta do nariz de Luce. Ela fechou os olhos e inspirou profundamente. Algo macio, floral... e absolutamente inconfundível.

Peônias.

Ainda de pé com olhos fechados, Luce visualizava seu dormitório monótono na Sword & Cross, embelezado pelo vaso de peônias na janela, aquele que Daniel trouxera para ela no hospital. Visualizava a beira do penhasco no Tibete, onde ela havia ido para testemunhar Daniel entregar flores para seu eu do passado em um jogo que terminou depressa demais. Ela quase foi capaz de sentir o cheiro do mirante em Helston, repleto de botões brancos como penas das peônias.

— Agora abra os olhos.

Ela conseguia ouvir o sorriso na voz de Daniel e, quando abriu os olhos e o viu diante do toco da árvore com um enorme buquê de peônias em um vaso alto e largo de cobre, cobriu a boca com a mão e reprimiu um murmúrio de espanto. Porém não era tudo: Daniel havia enfeitado os galhos finos com botões de peônia. Havia transformado as cavidades de todos os tocos de árvore ao redor em vasos. Havia espalhado pelo chão pétalas de peônias delicadas e cor de neve. Havia tecido uma guirlanda para o cabelo dela. Havia acendido dúzias de velas em pequenas lanternas penduradas ao redor, para que toda a clareira cintilasse com um brilho mágico. Quando ele deu um passo para a frente para colocar a guirlanda na cabeça de Luce, ela e seu eu medieval quase se derreteram.

A Lucinda medieval não reconhecia aquele enorme arranjo de flores; não fazia ideia de como aquilo era possível em fevereiro, contudo amou cada centímetro da surpresa. Já Lucinda Price sabia que as peônias brancas e puras eram mais do que apenas um presente de Dia dos Namorados. Eram um símbolo do amor eterno de Daniel Grigori.

A luz das velas tremulava diante do rosto dele. Ele estava sorrindo, mas parecia nervoso, como se não soubesse se ela havia ou não gostado do presente.

— Oh, Daniel. — Ela correu para os braços dele. — Que lindo!

Ele a girou e arrumou a guirlanda na cabeça dela.

— Chamam-se peônias. Não são flores tradicionais do Dia dos Namorados — disse ele, balançando a cabeça pensativo —, mas mesmo assim são... uma espécie de tradição.

Luce amou o fato de entender exatamente o que ele queria dizer.

— Talvez pudéssemos fazer delas a nossa própria tradição de Dia dos Namorados — sugeriu ela.

Daniel arrancou um botão grande do buquê e o deslizou entre os dedos dela, segurando-o perto do coração de Luce. Quantas vezes ao longo da história ele havia feito exatamente a mesma coisa? Luce pôde ver um brilho nos olhos dele sugerindo que aquele gesto jamais ficava ultrapassado.

— Sim, nossa própria tradição de Dia dos Namorados — refletiu ele. — Peônias e... bom, deve haver mais alguma coisa. Não é?

— Peônias e... — Luce revirou seu cérebro. Ela não precisava de mais nada. Não precisava de mais nada além de Daniel e de... ah, bem... — Que tal peônias e um beijo?

— É uma ótima ideia.

Então ele a beijou, os lábios mergulhando em direção aos dela com desejo insuperável.

O beijo parecia selvagem, novo e exploratório, como se eles nunca tivessem se beijado antes.

Daniel estava perdido no beijo, os dedos entrelaçados nos cabelos dela, a respiração no pescoço dela enquanto os lábios exploravam os lóbulos, a clavícula, o decote baixo do vestido. Nenhum dos dois conseguia respirar direito, mas se recusavam a parar de se beijar.

Um desejo ardente subiu pelo pescoço de Luce e a pulsação começou a acelerar.

Será que aquilo estava acontecendo?

Ela morreria de amor ali mesmo, no meio da floresta branca cintilante. Não desejava abandonar Daniel, não desejava ser lançada pelos céus, para mais um buraco negro tendo apenas Bill como companhia.

Maldição desgraçada. Por que ela estava presa a ela? Por que não podia se libertar?

Lágrimas de frustração encheram seus olhos. Ela se afastou dos lábios de Daniel, pressionando a testa na dele e respirando profundamente, aguardando que o fogo rasgasse sua alma e tirasse a vida daquele corpo.

Só que... quando ela parou de beijar Daniel, o calor abrandou, como uma panela retirada da chama. Ela voou novamente para os lábios dele.

O calor desabrochou por ela como uma rosa no verão.

Mas algo estava diferente. Aquela não era a chama devoradora que a extinguia, que a exilava dos seus corpos do passado e fazia teatros inteiros subirem pelos ares em meio à fumaça. Aquele era o êxtase cálido e vertiginoso de beijar alguém que se ama de verdade, alguém com quem você nasceu para ficar para sempre. E agora também.

Daniel a observou com nervosismo, sentindo que algo importante havia acontecido dentro dela.

— Algum problema?

Havia tanto a dizer...

Mil perguntas correram até a ponta da língua dela, mas então uma voz rouca chocou sua imaginação.

O único Dia dos Namorados que vocês dois conseguirão passar juntos.

Como seria possível? Tanto amor na história dos dois através dos tempos, e contudo eles jamais haviam passado nem passariam o dia mais romântico do ano nos braços um do outro.

Entretanto ali estavam, presos em um instante entre o passado e o futuro, agridoce, precioso, confuso, estranho e incrivelmente cheio de vida. Luce não queria estragar tudo. Talvez Bill, o jovem clérigo bondoso e sua querida amiga Laura tivessem razão, cada um à sua maneira.

Talvez apenas estar apaixonado já fosse doce o suficiente.

— Nenhum problema. Apenas me beije, e me beije, e me beije.

Daniel a levantou do chão e a segurou aninhada nos braços. Os lábios dele eram como mel. Ela envolveu os braços ao redor da nuca de Daniel. As mãos dele percorreram as costas dela. Luce mal conseguia respirar. Estava *tomada* de amor.

À distância, os sinos da igreja soavam. Eles fariam o sorteio da Urna do Cupido, as mãos dos garotos selecionando os nomes de suas queridas ao acaso, os rostos das garotas vermelhos de expectativa, todos esperando por um beijo. Luce fechou os olhos e desejou que todos os casais no gramado, que todos os casais do mundo, pudessem ter um beijo tão doce quanto aquele.

— Feliz Dia dos Namorados, Lucinda.

— Feliz Dia dos Namorados, Daniel. Que este seja o primeiro de muitos.

Ele lhe deu um olhar cálido e esperançoso e assentiu.

— Eu prometo.

EPÍLOGO

OS GUARDIÕES

Lá no gramado, quatro trovadores concluíram a última canção e saíram do palco para abrir espaço para a apresentação da Urna do Cupido. Enquanto todos os rapazes e moças solteiros risonhos se espremiam ansiosos à plataforma, os trovadores escapavam de fininho para um lado.

Um a um, ergueram suas máscaras.

Shelby atirou a flauta doce para um canto. Miles tocou mais um acorde na sua lira para garantir, e Roland o harmonizou com sua flauta transversal. Ariane deslizou o oboé para dentro do estojo esguio de madeira e foi se servir de uma caneca enorme de ponche, porém estremeceu ao virá-la e apertou a mão no tecido ensanguentado que cobria a ferida recente no pescoço.

— Você fez um improviso e tanto agora, Miles — disse Roland. — Já deve ter tocado lira antes, não?

— É a primeira vez — respondeu Miles de modo casual, embora estivesse na cara que tinha ficado lisonjeado com o elogio. Ele olhou para Shelby e apertou a mão dela. — Provavelmente só pareceu bom por causa do acompanhamento de Shelby.

Shelby começou a revirar os olhos, mas só chegou na metade antes de desistir e de se inclinar para dar um beijo suave nos lábios de Miles:

— É, provavelmente.

— Roland? — perguntou de repente Ariane, virando para observar o gramado. — O que aconteceu com Daniel e Lucinda? Um instante atrás eles estavam bem aqui. Ah... — Ela deu um tapa na testa. — Será que nada pode dar certo no amor?

— Acabamos de ver os dois dançando — disse Miles. — Tenho certeza de que estão bem. Estão juntos.

— Eu disse expressamente a Daniel: "Dê um giro em Lucinda e leve-a para o meio do gramado, onde possamos ver vocês." É como se ele ainda não soubesse quanto trabalho isso dá!

— Acho que ele tinha outros planos — disse Roland, taciturno. — Às vezes o amor tem disso.

— Vocês dois, relaxem. — A voz de Shelby acalmou os outros, como se seu amor recente tivesse aumentado a fé dela no mundo. — Eu vi Daniel levando-a para a floresta, naquela direção. Pare! — riu ela, puxando o manto negro de Ariane. — Não os siga! Você não acha que, depois de tudo, eles merecem um tempo a sós?

— A sós? — perguntou Ariane, soltando um suspiro pesaroso.

— A sós. — Roland foi ficar ao lado da amiga, passando um braço ao redor dela, com cuidado para evitar tocar o pescoço ferido.

— Sim — disse Miles, os dedos entrelaçados aos de Shelby. — Eles merecem um tempo a sós.

E, naquele instante, sob as estrelas, uma compreensão simples atingiu os quatro. Às vezes o amor necessitava de uma ajuda dos anjos da guarda para poder tirar os pés do chão. Mas, tão logo batia as asas pela primeira vez ensaiando voar, era preciso confiar que alçaria voo sozinho e pairaria nas mais elevadas alturas concebíveis, em direção aos céus... e além.

Este livro foi composto na tipografia Classical Garamond BT,
em corpo 12/17, impresso em papel off-white,
no Sistema Digital Instant Duplex da Divisão Gráfica
da Distribuidora Record.